LE PAGE

ET

LA ROMANCE,

Par Mme la C^sse d'Hautpoul,

Auteur des Contes et Nouvelles de la Grand'mère, etc.;

ORNÉ DE JOLIES FIGURES,

ET MUSIQUE PAR M. LE COMTE DE BEAUFORT.

TOME SECOND

PARIS,

VERNAREL ET TENON, LIBRAIRES,

RUE HAUTEFEUILLE, N° 30.

1824.

LE PAGE

ET LA ROMANCE.

1029

PARIS, IMPRIMERIE DE LEBEL,
Imprimeur du Roi, rue d'Erfurth, no 1..

C'est lui, C'est Roger...

LE PAGE

ET

LA ROMANCE,

Par Mme la Ctesse d'Hautpoul,

Auteur des Contes et Nouvelles de la Grand'mère, etc.;

ORNÉ DE JOLIES FIGURES,

ET MUSIQUE PAR M. LE COMTE DE BEAUFORT.

TOME SECOND.

PARIS,

VERNAREL ET TENON, LIBRAIRES,

RUE HAUTEFEUILLE, N° 30.

1824.

LE PAGE
ET LA ROMANCE.

~~~~~~~~~~~~~~~~~~~~~~~~~~~~~~~~~~~~

CHAPITRE PREMIER.

—

Après avoir parcouru les plus gran-
des villes de l'Italie, admiré les sites
enchanteurs de cette belle partie du
monde, Limours loua une maison de
campagne à quelque distance de Flo-
rence. De nouveaux lieux, de nouveaux objets avaient apporté une heureuse diversion à ses regrets : sans cesser
de les sentir, il pouvait les supporter,
et n'eût pas voulu qu'on les lui ôtât.

Il ne recevait personne dans la riante retraite qu'il s'était choisie, et n'écrivait à personne. Désintéressé sur tous les événemens, le duc ne voulait rien apprendre de ce qui se passait dans un monde qu'il oubliait et dont il voulait être oublié. Concentré dans un unique souvenir, il en jouissait comme d'un dernier bien conservé malgré la mort même. Se créant un culte imaginaire, il vouait à l'ombre de la princesse le même amour, la même fidélité qu'il aurait eue pour elle si elle eût vécu. Cette tendre superstition calmait son désespoir, et souvent même le rendait presque heureux. Blanche lisait dans son âme, et ne pouvait se défendre d'une douloureuse pensée...... « Comme il sait aimer ! » se disait-elle ; et un soupir, quelques

pleurs accompagnaient cés mots. Li-
.mours ne désirait point sa présence;
seul avec son imagination et son cœur,
il retrouvait une image chérie dont
l'entretien et l'aspect de Blanche le sé-
paraient. Du reste il n'attentait plus à
sa liberté; elle pouvait dans son appartement cultiver les arts qu'elle aimait.
Sa correspondance n'était pas contrainte; ainsi elle recevait souvent des
lettres d'Elisabeth qui toutes lui parlaient de Ludovie, dont l'esprit, déve-
loppé par les soins de l'abbesse, devenait chaque jour plus brillant; sa taille
et sa beauté ne faisaient pas de moins
remarquables progrès. Ces détails
étaient précieux pour une mère; mais
ses yeux n'en jugeaient pas, et un sentiment pénible se mêlait toujours à sa
joie maternelle.

D'autres lettres lui annonçaient les glorieux exploits de Louis XIV pendant la guerre avec la Hollande, le passage du Rhin, et les conquêtes rapides qui jetèrent la consternation dans Amsterdam et forcèrent les ennemis à demander la paix. Chaque soldat devenait un héros commandé par Condé, Turenne, Créqui, secondés eux-mêmes par le génie de Louvois. Fier de sa jeune et valeureuse armée, Louis refusa la paix, et poursuivit ses conquêtes.

Au retour des camps, le Roi ne montrait pas moins d'ardeur pour l'amour qu'il n'en avait déployé pour la gloire. Mais la duchesse de La Vallière ne fixait plus ses désirs; madame de Montespan était la superbe rivale qui les partageait avec elle. Blanche apprit avec chagrin que la Reine, à qui elle

était si tendrement attachée, avait un
nouvel objet de jalousie, et regretta
d'être trop éloignée de cette princesse
pour lui offrir des preuves de son dévouement. Déjà un second hiver s'é-
tait écoulé depuis son séjour en Italie;
Limours, sans projet parce qu'il est sans
espérance, restait par habitude comme
il se trouvait placé. Pâle, amaigri, il
était retombé dans une apathie mo-
rale qui changeait tout son caractère.
Blanche le voyait dépérir sans souffrance. Persuadée qu'il est menacé
d'une consomption destructive, elle
consulte les médecins, et ils lui con-
seillent de le ramener à Paris. « La solitude, lui disait-on, se nourrit de
souvenirs, et les siens sont autant de
regrets. » La duchesse n'osait d'abord
avouer à Limours ni ses craintes ni ses

désirs, et fut aussi surprise que charmée, lorsque ayant vaincu sa timidité
elle exprima au duc le souhait de revenir en France, de lui voir adopter ce
projet sans satisfaction, mais sans peine.
Après deux ans d'absence ils se retrou-
vèrent dans la capitale. Toutes les personnes de la cour s'empressèrent de
venir les féliciter sur leur retour. Le
duc, dont la vanité survivait à toutes
ses émotions éteintes, fut sensible à cet
accueil. Le Roi daigna lui témoigner
de l'intérêt. La Reine, qui estimait la
duchesse, les reçut avec affabilité; elle
proposa même à Blanche de reprendre son service auprès d'elle; mais la
duchesse, quoique sensible à cette
nouvelle marque de bonté, la refusa
avec respect, parce que les devoirs de
sa place l'éloigneraient trop souvent

et trop long-temps de son époux malheureux.

La duchesse vit avec satisfaction que la Reine n'était point jalouse de madame de Montespan, dont l'esprit l'amusait. Blanche espéra que la Reine ne s'abusait point et rechercha la société de madame de Montespan, qu'elle crut innocente des torts dont on l'accusait. La sœur de madame de Fontevrault, à qui Ludovie était confiée, devait l'intéresser; elle espérait entendre parler chez elle des lieux où s'élevait son enfant, peut-être même entendre nommer Ludovie. L'abbesse pouvait venir à Paris, Blanche la verrait et l'entretiendrait de sa fille. D'autres motifs attiraient aussi le duc chez la favorite. Elle était jeune, belle, enjouée, agréable conteuse, et le duc sentait près

d'elle se dissiper les nuages qui obscur-
cissaient sa pensée; comme entraîné
loin d'un séjour de douleur, il se trouvait dans un pays riant et nouveau, que
la main enchanteresse d'une femme
charmante remplissait d'images variées.
Limours fuyait avec soin la nouvelle
épouse de Monsieur; rien néanmoins
dans la princesse Palatine ne rappelait
la délicate Henriette, dont elle offrait
au contraire le parfait contraste. Elle
avait des traits fortement prononcés,
une taille épaisse, de l'aversion pour
la parure, l'élégance, la représentation,
elle était très-attachée à la vertu et
inexorable sur les bienséances; vraie,
aisée à se prévenir, difficile à ramener;
aimant l'exercice du cheval, et aussi
jalouse de Monsieur qu'il l'avait été
de l'aimable Henriette d'Angleterre.

Malgré le peu de rapport qui régnait entre les deux princesses, Limours ne pouvait supporter l'aspect de Madame, ni pardonner à Monsieur d'avoir formé de nouveaux liens six mois après la mort de celle qui méritait plus de constance, et n'alla plus au Palais-Royal. Il voyait beaucoup Mademoiselle, la duchesse de Longueville, et de préférence mesdames de Montespan et de Thianges, étant sûr de ne point voir chez elles la princesse Palatine, qui s'était brouillée avec la rivale de la duchesse de La Vallière et témoignait un grand intérêt à cette dernière, qu'elle finit même par aimer, malgré la vertu dont Madame suivait rigoureusement les principes austères.

Le silence religieux du cloître de Fontevrault avait été respecté. L'abbesse ignorait encore que sa sœur eût sacrifié au Roi son salut, sa réputation et l'honneur. Elle l'apprit avec désespoir par une lettre de madame de Thianges, femme légère et qui croyait tout permis à la noblesse et à la grandeur. On raconte qu'elle portait si loin le respect pour la naissance, qu'un prince qui passait pour être libertin étant mort subitement, elle répondit à ceux qui craignaient pour le salut de son âme. *Je suis persuadée que lorsqu'il s'agit de condamner une personne de si haute extraction, Dieu y regarde à deux fois.* Avec cette façon de penser, aimer un roi qui vous aime, lui semblait presque un devoir, et sa confidence à l'abbesse avait plus le ton de l'apologie que du blâme. Madame de Fontevrault espéra dès lors que si

le danger était pressant, ses exhortations, ses conseils pourraient encore
sauver sa sœur, et crut devoir aller lui
offrir les secours qui dépendaient
d'elle. Quittant son cloître dans ce
pieux dessein, elle arrive à l'hôtel
Montespan sans être annoncée; les
deux sœurs s'embrassent avec un sai-
sissement inexprimable. Madame de
Montespan se trouvait indigne de
presser dans ses bras une sœur dont la
présence lui reprochait sa faiblesse, et
madame de Fontevrault croyait voir
dans le trouble de sa sœur, non le
remords d'un cœur coupable, mais les
vertueux combats d'un cœur qui résiste au penchant qui veut l'entraîner.
« Je serai, pensait-elle, son soutien
dans cette lutte dangereuse; je l'em-
porterai sur les séductions qui l'envi-

ronnent. Dégagée du funeste joug des passions, pure encore, elle bénira la main qui l'aura arrêtée sur les bords de l'abîme. » Cette noble espérance prêtait à l'abbesse une éloquence nouvelle; elle pressait sa sœur de fuir le Roi et de venir avec elle à Fontevrault. « Là, lui disait-elle, loin d'un monde corrupteur, la retraite vous donnera les forces qu'elle procure à tous ceux qui la recherchent avec les sentimens qui seuls la rendent profitable. Venez, je prierai pour vous, avec vous. Plus la tentation est grande, plus il est beau d'en triompher; ne craignez que votre faiblesse, la paix rentrera bientôt dans votre cœur. »

L'abbesse renouvelait chaque jour ses exhortations, auxquelles madame de Montespan ne répondait que par des larmes qui fortifiaient l'abbesse dans l'espoir d'enlever sa sœur à l'amour du Roi. Un jour qu'elle lui adressait encore de plus touchantes exhortations, madame de Montespan s'écria : *Il n'est plus temps!* D'abord interdite par cet aveu, l'abbesse reste en silence quelques momens, puis, pressant sa sœur dans ses bras, elle lui dit : « Il est toujours temps de se repentir. La pénitence et les miséricordes sont pour les pécheurs. » Madame de Montespan s'arrachant des bras de l'abbessse, courut s'enfermer dans son appartement et oublia bientôt, en lisant une lettre du Roi, les réflexions si sages qu'elle venait d'entendre.

L'abbesse de Fontevrault n'était venue à Paris que dans l'espoir de ramener sa sœur au pied des autels : elle la croyait encore innocente; sa piété se refusait à entendre les aveux mêmes qui lui échappaient. L'abbesse n'ayant voulu recevoir aucune personne étrangère à des intérêts qu'elle regardait comme les seuls auxquels on dût s'attacher, Blanche, qui savait son arrivée, s'était présentée vainement plusieurs fois à l'hôtel de Montespan. Désolée de ne point voir l'abbesse, elle lui écrivit une lettre si touchante que madame de Fontevrault, qui, d'après tout ce qu'elle avait recueilli de l'admirable conduite de la duchesse, avait conçu pour elle la plus haute estime, consentit à la recevoir un matin en particulier. La duchesse, qui, dans l'exercice constant de la vertu et dans une souffrance habituelle, avait conservé la touchante douceur de ses traits, et à

vingt-huit ans avait encore l'expression de la plus pure innocence, parla
vivement au cœur de l'abbesse, qui
s'empressa de l'entretenir de Ludovie.
« Elle est belle, lui dit madame de
Fontevrault, belle au-delà de toute
expression; à treize ans elle est déjà
d'une taille remarquable. Ses traits
sont à la fois fiers et spirituels, le sourire de son âge les adoucit. Son caractère est noble, généreux, susceptible :
son imagination, vive, exaltée; son
cœur, bon et vrai; son esprit, vif,
prompt, intelligent. Elle aimera les
honneurs et la flatterie. Destinée par
son père à l'état religieux, j'ai dû faire
tous mes efforts pour qu'il ne lui fût
point pénible, et je l'ai élevée pour le
cloître sans espérer lui en inspirer le
goût. Cependant elle y serait plus heu-

reuse peut-être que dans un monde qui serait trop dangereux pour elle si le ciel ne lui eût donné une mère modèle de toutes les vertus. C'est en vous que reposera ma confiance, c'est entre vos mains que je veux remettre cet enfant précieux. Votre attentive prudence saura l'éloigner des dangers auxquels l'exposeront sa beauté et ses dispositions naturelles. Ne nous voyons plus, ajouta l'abbesse; évitez, s'il est possible sans trahir la vérité, de dire au duc de Limours que nous nous soyons entretenues, et laissez-moi le temps de l'amener à vous rendre votre fille; j'espère y parvenir. » Pendant ce discours la duchesse, partagée entre la crainte et la joie, versait des larmes ou souriait en baisant les mains de l'abbesse. Les expressions de sa recon-

(17)

naissance partaient d'un cœur maternel, et étaient persuasives. Les nouvelles amies se séparèrent charmées
l'une de l'autre. Blanche emportait un
doux espoir que madame de Fontevrault travailla bientôt à réaliser. La
première fois qu'elle revit Limours
elle ne chercha point à l'entretenir; il
s'approcha d'elle et cependant ne lui
parla pas de Ludovie. L'abbesse parut
frappée de l'altération remarquable
des traits de Limours, l'assura qu'elle
y prenait un vif intérêt, et ne lui dit
rien de plus. L'ayant retrouvé peu de
jours après chez sa sœur, elle l'examina
attentivement et vit qu'il craignait et
désirait avoir des nouvelles de sa fille;
voulant profiter du moment, elle l'ap-
pela près d'elle. « Eh quoi! lui dit-
elle, vous ne m'interrogez pas sur l'en-

II.   2

fant confiée à mes soins et que vous
ne pourriez vous défendre d'aimer si
vous ne vous priviez pas vous-même
de sa présence? Ludovie a tous vos
traits, et cette ressemblance s'étend au
caractère. Son front est noble et fier
comme le vôtre, ses yeux ont l'expression de vos yeux; ce sourire qui jette
encore du charme sur votre physionomie embellit constamment la sienne.
Grande et généreuse comme vous, la
noblesse de son air égale celle de son
cœur, et annonce celle de sa naissance.
Que d'intérêt porteraient sur vos jours
languissans les caresses et les progrès
d'une fille si semblable à vous-même!
Vous n'avez point de fils et vous con-
damnez à l'obscurité d'un cloître une
beauté dont l'éclat rejaillirait sur vous.
Ludovie n'est point née pour la vie re-

ligieuse : la nature, en la douant de la
plus rare beauté, de l'intelligence, de
l'esprit, l'a destinée aux scènes du
monde, à s'y faire admirer et respecter. Loin de laisser finir avec vous le
nom qui vous rend fier à si juste titre,
retirez près de vous cette enfant unique;
vous la marierez en exigeant d'un gen-
dre qu'il prenne votre nom et vos titres, et vous n'aurez pas le regret, en
quittant la vie, de penser que votre
antique noblesse va s'éteindre avec
vous. »

Après avoir ainsi parlé, l'abbesse,
voulant laisser Limours à ses réflexions,
se leva sans attendre sa réponse et se
retira dans ses appartemens.

Le duc avait déjà eu à peu près les
mêmes idées qu'il venait d'entendre
exprimer. Certain qu'il n'a plus que

peu de temps à passer sur la terre, il s'affligeait de se voir sans héritier. Il ne doutait point qu'après sa mort Blanche ne retirât sa fille du cloître où il l'avait ensevelie avec tant de cruauté, et qu'elle ne disposât de sa fortune et de sa fille tout autrement qu'il n'en disposerait lui-même. Une sœur qu'il aimait avait vu tous ses biens disparaître par le luxe effréné d'un mari qu'elle chérissait, et auquel elle avait tout sacrifié malgré les conseils de son frère; elle vivait dans un château éloigné que Limours avait acheté pour elle sur la tête de ses enfans, afin d'empêcher que cette propriété ne devînt encore la proie de l'inconduite paternelle. Limours soutenait ses neveux au service; il les aimait, et s'était particulièrement attaché au plus jeune,

dont le caractère d'une douceur inexprimable, la profonde sensibilité, s'al-
liaient à la bravoure, à l'honneur, aux
connaissances militaires. A vingt ans
il s'était distingué plusieurs fois dans
la guerre et avait avancé rapidement.
Ce fut sur le jeune Henri de Nougaret
que Limours porta l'espérance de per-
pétuer son nom en l'unissant à sa fille;
elle n'avait que treize ans, il ne voulait point la marier encore, mais il voulait préparer cette union de manière
que sa mort même ne permît pas de la
rompre. Le jeune Henri était alors à
l'armée qui marchait contre la Hollande; sa belle conduite, son courage l'y
faisaient admirer. Son esprit aimable,
ses traits gracieux, sa modeste simplicité que n'altérait aucun succès, aucun
éloge, l'y faisaient aimer. Sachant qu'il

est dans l'infortune, il travaillait à acquérir un état brillant pour partager son bonheur avec sa mère et une petite sœur qui ne pouvait, comme lui et ses frères, se procurer un avenir heureux. Henri était bien éloigné de s'attendre à recevoir des mains de son oncle une épouse riche, noble et belle. Il n'aspirait qu'à mériter les bienfaits qui excitaient sa reconnaissance, et à n'avoir plus besoin d'y recourir.

Après avoir long-temps médité dans le secret de sa pensée, Limours revit l'abbesse et lui confia le dessein qu'il avait pris de retirer sa fille du couvent et de la donner en mariage au second fils de sa sœur, auquel il ferait passer le duché de Limours. Il pria madame de Fontevrault de ne parler à personne de ses projets jusqu'à ce qu'il eût trouvé une gouvernante telle qu'il la voulait pour Ludovie. Adrienne lui semblait trop simple et trop attachée à la duchesse pour qu'il consentît à la placer près de sa fille, à qui il voulait imprimer l'orgueil et la fierté bien éloignée de la simplicité de l'aimable Blanche. Ce n'était point assez que Ludovie eût ses traits, il voulait qu'elle eût ce qu'il appelait l'élévation de son caractère, qu'elle en eût la fermeté, enfin qu'elle fût *lui*. Il se promettait de se réserver le soin de terminer son éducation comme de disposer de sa main. Il ajouta qu'il informerait madame de Fontevrault de l'époque où il enverrait chercher sa fille, et la pria de la préparer au changement de son sort.

L'abbesse de Fontevrault n'avait quitté son cloître qu'avec l'espoir de ramener sa sœur à l'innocence par le repentir. Ses paroles avaient souvent attendri madame de Montespan; un retour vers l'époque vertueuse de sa vie lui avait arraché des larmes, et madame de Fontevrault avait compté sur elles. Mais elle ignorait ce que l'amour a d'empire; son cœur chaste n'avait jamais soupçonné le charme de ses tendres émotions, auxquelles il est si difficile de renoncer lorsqu'on s'y est livré avec abandon. Elle habitait, à l'hôtel de Montespan, un pavillon séparé; c'était là qu'elle entretenait secrètement sa sœur, avec piété, onction et tendresse. Elle se flattait encore de réussir, lorsqu'elle apprit que le Roi avait exilé M. de Montespan, qui, après avoir refusé à sa femme, déjà sensible mais encore vertueuse, de l'éloigner de la cour jusqu'à ce que Louis l'eût oubliée, se permit un éclat deshonorant pour elle et outrageant pour le Roi. Madame de Thianges, qui voulait, disait-elle, délivrer sa sœur des sermons inutiles et affligeans de l'abbesse, osa lui avouer la naissance du duc du Maine. Cette preuve de l'inconduite d'une sœur qu'elle ne croyait pas encore coupable, accabla de douleur madame de Fontevrault. Trouvant qu'elle ne pouvait plus rester avec décence près de la maîtresse déclarée du Roi, elle se décida à retourner dans son cloître, et pensant trouver au pied des autels l'espoir qu'un jour, celle dont elle méprisait et plaignait l'égarement, viendrait y implorer le pardon de ses fautes. En annonçant son départ à la marquise elle ne put retenir ses larmes. « Venez, lui dit-elle en partant, venez, mes bras et mon cœur seront toujours ouverts à ma sœur repentante. » Ces paroles touchèrent madame de Montespan; mais elle aimait le Roi, les fêtes, la splendeur dont l'amour du souverain l'environnait. Elle redoutait encore l'attachement qu'il conservait pour la duchesse de La Vallière, et la jalousie aidait au triomphe de Louis. Il était bien effacé de son souvenir le temps où elle avait dit, en parlant de La Vallière : « Dieu me garde d'être maîtresse du Roi; mais *si j'étais assez malheureuse pour cela, je n'aurais pas l'effronterie de paraître devant la Reine.* » Non-seulement elle était maîtresse du Roi et paraissait devant la Reine, mais elle l'effaçait par le luxe et l'éclat de sa parure; recevait les ministres, disposait de leur crédit, se faisait donner des sommes immenses, qu'elle dépensait quoiqu'elle ne payât personne, et régnait bien plus que Marie-Thérèse, qui, simple, recueillie, ne voulait d'empire que sur le cœur de Louis.

~~~~~~

CHAPITRE II.

—

L'ABBESSE de Fontevrault a dû éloigner de l'esprit de Ludovic la connaissance du monde, qu'elle était condamnée à ne jamais voir. Elle a porté toutes les pensées de cette enfant vers la religion, et lui a inspiré, autant qu'il était en elle, le goût de la retraite et de la vie religieuse. Entrée dès l'âge de quatre ans dans un monastère, ayant passé ses premières années avec sa mère et renfermée comme elle, aucun souvenir ne s'oppose au sentiment que l'abbesse a désiré faire naître dans sa

jeune âme. Mais le sort de Ludovie va
changer, et madame de Fontevrault,
qui doit la garder encore quelques
mois, profite de ce temps pour la préparer par degrés à l'existence nouvelle
qui l'attend. L'abbesse a entretenu
dans son cœur l'amour et le respect
pour sa mère, l'attachement pour son
père ; chaque jour Ludovie a prié pour
eux et s'est affligée souvent qu'ils ne
vinssent pas la voir et ne lui écrivissent
pas. Depuis que sa raison s'est déve-
loppée elle a demandé plusieurs fois
à l'abbesse la cause de l'abandon où
ils la laissaient, tandis que ses jeunes
compagnes recevaient des visites de
leurs parens et des lettres toujours
bien tendres. Ces questions embarras-
saient l'abbesse ; elle les trouvait naturelles, et pourtant ne pouvait y ré-

pondre sans altérer la vérité, ce que
sa piété lui défendait, ou sans une in-
discrétion d'autant plus coupable,
qu'elle détruirait la tendresse que Ludovie devait à son père. Elle se con-
tentait de lui dire qu'il fallait aimer ses
parens et leur obéir. Ces paroles ne
satisfaisaient point la spirituelle Ludovie. Elle sentait qu'on lui cachait quelque chose, et ce mystère excitait en
elle une vive curiosité. Elle apprit avec
joie qu'enfin elle allait revoir ceux dont
elle se croyait oubliée; qu'une tendre
mère la presserait dans ses bras, qu'un
père s'occuperait de son bonheur,
qu'elle quitterait le cloître pour habiter avec ses parens, et verrait un
monde nouveau; que de nouveaux devoirs, de nouveaux plaisirs allaient
remplacer ses devoirs faciles, ses plai-

sirs innocens; chaque jour l'éloquente abbesse entretenait Ludovie des mêmes objets qu'elle avait voulu lui laisser ignorer, et s'efforçait de la prémunir contre les prestiges qui la frapperaient d'autant plus qu'ils étaient encore nouveaux pour elle, et que son caractère était naturellement porté à l'enthousiasme. Madame de Fontevrault lui parlait surtout des vertus de sa mère; l'engageait à les imiter et à se confier à son cœur. Ludovie, accoutumée à chérir, à respecter madame de Fontevrault, ainsi que tout ce qui composait le monastère, reçut ses avis comme s'ils lui venaient du ciel même, et promit de ne les oublier jamais. En effet, si elle s'en écarta par la suite, elle en retrouva plus tard les principes salutaires.

Le carême venait de finir; on célébrait la dernière fête de Pâques quand l'abbesse reçut une lettre du père de Ludovie; cette lettre annonçait que le surlendemain madame de Saint-Sauveur viendrait la chercher, et que cette dame, d'un vrai mérite, était la gouvernante qu'il avait choisie. Madame de Fontevrault ne parla de cette lettre à Ludovie que la veille de son départ. Elle était sûre qu'au moment de la quitter, ainsi que ses jeunes compagnes, sa douleur serait vive, et voulut abréger pour ses enfans des adieux toujours si pénibles à ces âmes jeunes et tendres. Au premier mot que prononça l'abbesse, Ludovie fondant en pleurs se jeta dans ses bras s'écriant : « Quoi! vous quitter? » et resta long-temps la tête appuyée sur le sein de l'abbesse, qui lui rendit ses caresses et chercha à la consoler en lui parlant de sa mère. Ce jour, ce dernier jour, fut triste pour tout le pensionnat. Les larmes coulaient de tous les yeux; Ludovie ne cessa d'en répandre, et passa la nuit sans dormir : c'était la première nuit agitée de sa vie. Déjà le monde, dont elle allait seulement s'approcher, détruit son repos. Madame de Saint-Sauveur est au parloir, on avertit l'abbesse, qui vient seule, afin de causer avec la gouvernante et de savoir en quelles mains elle confie l'enfant de ses soins. Il ne lui fallut qu'un coup d'œil pour juger défavorablement celle à qui Limours accordait tant de mérite. Cette dame avait de l'affectation qu'elle prenait pour de la dignité, du jargon qu'elle donnait pour de l'esprit, une

grande idée d'elle-même, ne manquait
point de politesse ni d'usage; on voyait
qu'elle était flatteuse quand son intérêt
l'exigeait, et hautaine quand elle pouvait l'être impunément. Sans instruction, elle se donnait pour habile; connaissait l'étiquette, l'usage du monde,
et était entièrement dévouée au duc
de Limours.

Une semblable gouvernante n'était
point digne de remplacer madame de
Fontevrault; elle s'en affligea, mais
Blanche veillerait sur sa fille. L'abbesse
quitta madame de Saint-Sauveur pour
aller avertir Ludovie. L'ayant reçue
dans ses bras, elle renouvela ses conseils, lui donna sa bénédiction, lui re-
mit un reliquaire qu'elle la chargea
d'offrir de sa part à la duchesse. « Il
renferme une lettre, ajouta l'abbesse,

qui ne doit être lue que par elle, je la confie à votre cœur. » Ludovie baisa avec respect le reliquaire, le serra soigneusement, mais ne pouvait se décider à partir. « Il le faut, mon enfant, lui dit l'abbesse en se levant et prenant sa main, venez, je vais vous conduire. »

La grille s'ouvre, madame de Saint-Sauveur s'avance et reçoit de l'abbesse la main de Ludovie en larmes. « Partons, mademoiselle, dit la gouvernante, il est déjà bien tard. »

Ludovie se retourne pour dire un dernier adieu à celle qui depuis dix ans lui tient lieu de mère. Elle a disparu, la grille est fermée, Ludovie est séparée de ses compagnes, elle va s'éloigner avec une femme qu'elle ne connaît point; elle pleure amèrement. Madame de Saint-Sauveur n'est point

alarmée d'une douleur qu'elle regarde
comme un enfantillage, et entraîne
Ludovie, qui, n'espérant plus que les
grilles se rouvrent pour elle, se laisse
conduire à l'équipage qui l'attend. Elle
n'en remarque point la richesse; elle
ne s'aperçoit point d'abord du cortége
qui l'accompagne, et reste absorbée
dans ses regrets.

Madame de Saint-Sauveur parvint
cependant à distraire Ludovie en l'en-
gageant à examiner la voiture élégante,
les beaux chevaux que son père lui a
envoyés. Presque tous les objets ont
pour cette enfant les charmes de la nou-
veauté, si piquans surtout à son âge.
Ses larmes cessent de couler. Elle jouit
de tout ce qu'elle aperçoit. Bientôt
innocemment charmée de la pompe
qui l'environne et qui est si loin de

la simplicité monastique à laquelle ses
yeux sont accoutumés, elle admire ce
qu'elle voit, ce qu'elle n'a jamais vu,
ce dont elle n'avait aucune idée. Les
objets se confondent d'abord à ses regards; elle craint d'en remarquer un,
de peur qu'un autre lui échappe; elle
sourit, et ce cloître dont elle ne pouvait s'arracher est déjà loin de sa pensée. A chacune des deux portières est
un cheval superbe, magnifiquement
harnaché, et dont la vivacité charme la
jeune voyageuse. Bientôt l'adresse de
ceux qui les montent l'occupe avec
plus d'intérêt. Ce sont deux jeunes et
beaux pages. Un d'eux, celui qui s'est
placé du côté où Ludovie est assise,
monte un cheval plus vif, plus indo-
cile, plus impétueux que celui de son
compagnon. Le coursier hennit, se

dresse; Ludovie tremble que le page n'ait pas la force de le dompter, il est si jeune, il a tant d'adresse, de souplesse et de grâce, qu'il fixe les yeux et les pensées de Ludovie... « Ne sera-t-il pas renversé? » Cette question fait palpiter son cœur...... Ce n'est encore que de crainte. Elle ne songe plus qu'à l'objet de ses alarmes. Elle pâlit d'effroi quand le superbe coursier résiste à la main qui le guide; elle rougit de plaisir quand il est obligé d'obéir. Sans le savoir, tout a disparu pour elle, hors celui qu'elle croit exposé au plus grand danger. Ce page a seize ans; son justaucorps pourpre et or marque une taille svelte et élégante; les boucles de ses beaux cheveux blonds entourent sa riche toque, et quand il ose jeter un regard vers la portière, sur laquelle

Ludovie, attentive à tous ses mouvemens, reste appuyée, elle rencontre
deux grands yeux doux et tendres.

Ludovie n'a jamais vu de jeunes
hommes; à peine a-t-elle aperçu dans
son cloître les pères de quelques-unes
de ses compagnes et de vieux ecclé-
siastiques. Mais dans une chapelle dé-
diée à l'ange gardien est la statue d'un
ange dont Ludovie a souvent imploré
la protection et admiré les traits cé-
lestes. Elle trouve entre l'ange et le
page une ressemblance parfaite, et pense
que c'est peut-être lui qui a servi de
modèle à la statue aux pieds de laquelle
elle s'est tant de fois prosternée. Cette
pensée jette dans son âme une impres-
sion pieuse et tendre. Elle voudrait savoir le nom de celui qu'elle est tentée
de prendre pour son ange gardien;

mais, sans savoir pourquoi, elle n'ose le
demander à madame de Saint-Sauveur,
qui au surplus s'est endormie, et n'a pu
s'apercevoir de l'intérêt que prend son
élève au jeune page. Elle s'éveille au
moment où la voiture s'arrête pour
changer de chevaux. Honteuse de s'ê-
tre laissée entraîner au sommeil, elle
s'excuse du ton le plus poli sur cette
inconvenance. Ludovie, qui trouve fort
simple que l'on dorme lorsqu'on en a
besoin, le lui dit naïvement; mais madame de Saint-Sauveur l'assure qu'elle
a manqué, malgré elle, aux égards
qu'elle doit à mademoiselle de Limours,
et lui en demande encore pardon. Ludovie, surprise du ton respectueux avec
lequel lui parle une personne à qui
elle croit, vu son âge, devoir du respect, la regarde avec étonnement. La

gouvernante, charmée de saisir cette
occasion de donner à son élève une
haute idée de ses connaissances, lui
adresse un long discours sur les égards,
les distinctions, la politesse, la dignité
du rang, les dangers de la familiarité.
Par malheur le beau cheval a cara-
colé pendant que madame de Saint-
Sauveur faisait tous ses efforts pour
fixer l'attention de Ludovie, elle n'a
pas entendu un mot de son discours
et ne le regrette pas; le cheval et le
page l'ont sûrement plus amusée.

On s'arrête pour dîner : les ordres
sont donnés d'avance, tout est prêt.
Madame de Saint-Sauveur place Ludovie à table et s'assied près d'elle. Le
page de Ludovie se présente pour
faire son service; mais la gouvernante
lui adresse ainsi la parole : « Mon-

sieur de Coucy, mademoiselle daigne vous dispenser pendant le voyage de tout service, ainsi que M. Raimond de Lude, votre cheval est fougueux, vous avez besoin de repos. Monseigneur m'a autorisée à supprimer l'étiquette pendant la route. » Le page s'incline respectueusement, et se retire.

« Je pense que mademoiselle de Limours, dit la gouvernante lorsque le page fut sorti, approuvera l'ordre que je viens de donner. M. Roger de Coucy n'a que seize ans ; M. le duc, votre père, s'est chargé de son éducation, de son avancement militaire, et l'aime tendrement : son nom et son épée sont toute sa fortune. J'ai cru devoir ménager sa jeunesse, d'après la permission que j'en ai reçue, et pour ne point lui accorder une préférence sur son camarade, je les ai exemptés tous les deux. Si vous y consentez, j'agirai ainsi pendant tout le voyage? — Vous ferez fort bien, répondit Ludovie; je ne suis qu'une enfant qui ne sais rien. Soyez bonne tant que vous voudrez, cela me fera toujours le plus grand plaisir. »

Alors madame de Saint-Sauveur entama un discours tout aussi long que celui du matin, sur les inconvéniens d'une bonté irréfléchie; sur l'abus qui en résultait. Ludovie essaya de l'écouter, mais son attention ne fut pas de longue durée, l'ange, le page la détournèrent bientôt. Il se nomme Roger de Coucy. Elle ignore pourquoi elle est bien aise de ce qu'il s'appelle ainsi. Ces noms lui plaisent. Elle les prononce tout bas; elle préfère celui de Roger, c'est le seul qu'elle lui donnera dans sa pensée. Il lui eût tardé repartir et de revoir caracoler près d'elle le beau cheval, et peut-être de rencontrer les regards angéliques de son maître; mais madame de Saint-Sauveur a dit qu'il est fatigué, Ludovie prolonge le dîner pour prolonger son repos. Malgré son innocente ruse il faut repartir, et Ludovie reste constamment à la portière tant qu'il fait jour. La nuit arrive de bonne heure à la fin d'avril. On s'arrêta pour coucher. Mademoiselle de Limours et sa suite étaient attendues. Madame de Saint-Sauveur affectait partout un air d'importance qui amusait Ludovie, dont les manières étaient simples et naturelles. La gouvernante ne gagnait point dans son esprit. L'abbesse de Fontevrault l'avait accoutumée à entendre des choses instructives, des pensées religieuses ou morales. Après l'avoir écoutée elle se sentait meilleure; elle réfléchissait; son âme s'était agrandie, son esprit s'était éclairé. Quelle différence entre d'aussi précieux entretiens, toujours simples, toujours clairs, avec le babillage pompeux de la gouvernante. Ludovic en a déjà fait la réflexion, et abrége le souper pour échapper plus tôt à l'ennui qu'elle éprouve. En faisant sa prière elle n'oublia pas l'ange gardien, lui recommanda Roger, et s'endormit tranquillement jusqu'à ce que madame de Saint-Sauveur vint l'éveiller pour déjeuner et repartir. Elle revoit Roger, lui sourit. Elle aurait voulu lui demander s'il est encore fatigué, elle ne l'osa point; il s'incline devant elle en rougissant et l'aide à monter dans sa voiture.

On devait arriver le surlendemain : madame de Saint-Sauveur avait destiné le temps du voyage à enseigner à son élève ce qu'on appelle *usage du monde*, ce qu'elle devait de respect et d'obéissance au duc, dont elle élevait jusques aux nues le grand caractère, la noblesse et la dignité. Ludovie l'écoutait de temps en temps; plusieurs observations de la gouvernante la frappaient. Cependant ce qui l'étonnait le plus et en même temps la blessait au cœur, c'était de ne lui entendre jamais nommer sa vertueuse mère. D'où provenait ce silence? La respectable abbesse lui peignait Blanche des plus suaves couleurs; lui disait de l'aimer, de l'imiter. Ludovie eut l'idée de témoigner son

mécontentement à madame de Saint
Sauveur; mais n'ayant aucune dispo-
sition à ouvrir son cœur à une femme
qui lui déplaisait et l'ennuyait, elle se
décida à renfermer sa pensée et à venger sa mère en l'aimant de toute son
âme.

Par une belle journée d'avril Ludovie revoit Paris, dont elle n'a conservé
aucun souvenir. Il est trois heures de
l'après - midi, ainsi que le duc l'a
ordonné à l'obéissante et ponctuelle
gouvernante. Le bruit, les édifices, la
foule qui va et vient dans les rues,
étonnent et occupent Ludovie; elle
n'aperçoit plus son page, et craint qu'il
n'ait dû l'accompagner que jusqu'à
Paris; elle n'ose s'en informer, et ne sait
pourquoi elle le craint. Un embarras
l'avait séparé de sa voiture; mais bien-

tôt elle le revoit, ainsi que Raimond ;
elle est rassurée.

On entre dans une cour spacieuse :
Ludovie jette un cri de joie ; elle a re-
connu l'hôtel de son père ; elle a aperçu
sa bonne Adrienne, qu'elle n'avait
point oubliée, dont elle avait parlé souvent à ses compagnes, surtout à Marie
de Talmont, qui était sa plus chère
amie. La portière s'ouvre, Ludovie
s'élance en s'écriant : « Ma mère ! »
Elle va franchir l'escalier ; madame de
Saint-Sauveur l'arrête, et la prie de se
laisser conduire. Ludovie n'ose lui résister, et la suit, par une longue galerie,
qu'elle reconnaît, jusque dans l'appartement qu'elle occupait avec sa mère,
et dont les meubles, la distribution
sont encore gravés dans son esprit. Ne
voyant point la duchesse, elle court à

sa chambre en l'appelant. La gouvernante l'arrête de nouveau, lui dit que
ce logement est le sien, et qu'avant
tout elle doit faire sa toilette, ne pouvant se présenter avec l'uniforme de
pensionnaire. « Quoi! répond Ludovie, sans avoir embrassé mon père
et ma mère que je n'ai vus depuis dix
ans? — Tels sont, reprit la gouvernante, les ordres de monseigneur; il
ne faut pas signaler votre arrivée par
la désobéissance. » Ludovie a les larmes aux yeux et se tait. Deux femmes-
de-chambre se présentent, madame de
Saint-Sauveur leur dit de coiffer et
d'habiller mademoiselle, qui se place
tristement devant son miroir. Ses
longs cheveux châtains sont tressés
avec des perles, et cette coiffure est
charmante; une robe blanche et ar-

gent remplace la simple robe noire.
Mais Ludovie n'admire point sa parure, elle ne la regarde même pas. Sa
toilette a été longue, chaque moment
passé loin de sa mère pèse sur son
cœur; enfin elle va la voir, mais la
stricte gouvernante la retient encore
pour lui dire comment elle doit entrer dans le salon, combien elle doit
faire de révérences, et qu'au moment
où son père fera quelques pas pour venir à sa rencontre, elle doit se jeter à
ses genoux, baiser sa main s'il la lui
présente, et attendre qu'il veuille bien
la relever. « A genoux! répond Ludovie; je lui demanderai donc sa bénédiction? » Un sourire moqueur parut
sur les traits de la gouvernante, elle le
réprima et dit que c'était seulement
en particulier que les actes de piété

s'exerçaient, et que le duc avait ras-
semblé beaucoup de monde pour célébrer l'arrivée de sa fille, entre autres,
les deux sœurs de madame de **Fonte-**
vrault. Ludovie apprit avec plaisir
qu'elle verrait les sœurs de sa chère
abbesse, promit volontiers de se conformer aux cérémonies prescrites, se
réjouissant au fond du cœur de ce
qu'on ne lui avait rien ordonné pour
sa mère.

Le salon s'ouvre, Ludovie, belle
et tremblante, n'ose faire un pas ; un
grand homme pâle, vêtu magnifiquement, s'avance et dit : « Approchez, ma
fille. » A ces mots Ludovie, qui n'a-
vait pas levé les yeux, tombe à genoux
en s'écriant : « Mon père!... » Le duc
lui présente sa main, qu'elle baise respectueusement. Il la relève avec ten-

dresse. « Venez, lui dit-il, que je vous présente à votre mère. »

Blanche en apercevant sa fille n'avait pas été maîtresse de son émotion; elle était debout inondée de larmes, et tendait ses bras à son enfant. Ludovie la voit, la reconnaît, retire la main que tenait le duc, et s'élance. La mère et la fille sont dans les bras l'une de l'autre, confondant leurs caresses et leurs larmes.

Limours est plus mécontent qu'ému de cette scène touchante; mais voyant que tous ceux qui l'entourent en sont attendris, il laisse à ces premiers transports, si naturels, si vifs et si doux, le temps de se calmer; puis, s'adressant à Ludovie, il la prévient que les fortes émotions incommodent sa mère; qu'elle doit d'ailleurs s'occuper des dames qui

ont daigné venir la voir; il la leur
présente tour à tour. Aux noms de
mesdames de Montespan et de Thianges, Ludovie levant sur elles ses beaux
yeux, dit, de la voix la plus touchante:
« Que je suis heureuse de vous voir,
vous êtes ses sœurs! »

Quand la cérémonie de la présenta-
tion fut finie, madame de Montespan
pria le duc de lui céder un moment sa
fille, et la fit asseoir entre elle et madame de Thianges, pour l'entretenir
de madame de Fontevrault. Naturellement sensible, reconnaissante, Ludovie
laissa parler son cœur; le tour de ses
expressions, leur vivacité, la tendresse
qu'elle exprimait pour l'abbesse, les
éloges qu'elle donnait à sa piété, à son
savoir, à sa parfaite bonté, charmè-
rent ces dames; elles l'écoutaient avec

ravissement et ne pouvaient se lasser de l'entendre. Une autre écoutait avec une joie plus vive encore, c'était Blanche ; l'âme attentive d'une mère saisit tout, les paroles, les accens, les regards, le geste : Blanche était dans un ravissement inexprimable. Ses yeux se promenaient avec délices sur les beaux traits de sa fille, qu'embellissait le sentiment dont elle était animée; et le duc convenait avec lui-même qu'elle lui ressemblait et qu'elle était belle. Un coup d'œil qu'il jeta par hasard sur une glace lui montra les ravages que la maladie, plus que le temps, avait faits sur sa figure, dont il était encore fier; il se détourna avec un sentiment pénible, et sut presque mauvais gré à sa fille de le représenter tel qu'il était avant que les passions et les souffrances l'eussent si cruellement changé.

La soirée s'avançait, et Ludovie, fatiguée du voyage, de sa toilette, du monde dont elle était entourée, devint extrêmement pâle. « Cette belle enfant a besoin de repos, dit madame de Montespan au duc, il faut lui permettre de se retirer. Nous la verrons souvent, je l'espère; nous sommes sûres de l'intéresser en lui parlant de ma sœur. » Limours consent à ce que sa fille rentre chez elle. Blanche, qu'aucun regard de son époux ne peut retenir, prend le bras de sa fille et sort avec elle. Son amour a besoin de la presser sans témoin sur son cœur; de lui prodiguer ses caresses, de recevoir les siennes; d'oublier dix ans d'absence et de larmes. Ludovie n'est pas moins tendre que sa mère; elle n'oublie pas le reliquaire, qu'elle a su dérober à la curiosité de madame de Saint-Sauveur. Elle le remet à sa mère et la prévient qu'il renferme une lettre qui ne doit être lue que par elle. Ce cher entretien ne peut durer long-temps; il est interrompu par l'inévitable gouvernante. Ludovie s'étonne de ce qu'elle ose entrer sans être demandée par la duchesse ; son étonnement s'accroît lorsqu'elle l'entend prononcer ces paroles d'un air de supériorité : « M. le duc attend madame la duchesse, mademoiselle va souper, se mettre au lit, elle en a besoin. » Blanche rougit de se voir humiliée devant sa fille, l'embrasse, lui dit tout bas : « *Il faut obéir*, nous nous reverrons demain. » Elles se donnent un dernier baiser et se séparent.

Ludovie est sensible, vive, susceptible d'aimer et de haïr; l'éducation
qu'elle a reçue a modéré la véhémence
de son caractère, mais ne l'a point
détruite. Révoltée du chagrin qu'a
éprouvé sa mère, elle jette sur madame
de Saint-Sauveur un regard fier, et tel-
lement semblable à celui de Limours
quand il est irrité, que la gouvernante
en a pâli. Ludovie sonne ses femmes,
passe dans sa chambre à coucher sans
adresser la parole à la tremblante madame de Saint-Sauveur, se déshabille
et s'enferme dans son oratoire en or-
donnant qu'on la laisse seule.

C'est là qu'elle éleva sa première
prière au Seigneur; c'est là qu'à genoux près de Blanche elle adressait à
Dieu ses premières pensées. Ludovie
se retrouve avec une pieuse joie de-

vant l'image de la Vierge qu'elle invo-
quait pour sa mère, qui de son côté
priait pour elle. Déjà Ludovie a senti
que cette mère, si jolie et si jeune encore (la duchesse n'a que vingt-huit ans),
a passé de bien douloureuses années.
La tendre enfant demande à Dieu le
pouvoir de dédommager Blanche de
tant de souffrances, et, calmée par l'espérance qui descend du ciel dans son
cœur pur, elle va goûter le repos dont
elle a besoin.

Le sommeil de madame de Saint-
Sauveur ne fut pas aussi paisible que
celui de Ludovie; elle croyait conduire
à son gré une jeune fille de quatorze
ans; elle comptait s'en faire respecter
et même craindre; forte de la confiance
du duc, loin de chercher à plaire à la
duchesse, croyant son pouvoir sur Lu-

dovie au-dessus de celui de sa mère, elle
se regardait comme lui étant fort supérieure, et se proposait d'étendre un
empire absolu sur une élève trop jeune
pour n'être pas soumise. Elle comptait
profiter de cet empire pour assurer sa
fortune et son crédit dans l'hôtel. Au
lieu d'une enfant docile et timide,
elle trouve un esprit ferme, une vo-
lonté forte, une fierté égale à celle de
Limours. Mais peut-être elle s'est
abusée; peut-on asseoir son jugement
sur un seul regard? Fâchée d'avoir
été troublée dans son entretien avec la
duchesse, Ludovie a eu un mouvement
d'humeur qui s'apaisera de lui-même.
« Je lui ferai sentir ses torts envers
moi, pensait la gouvernante; quelle
doit être sa conduite à l'avenir. Je lui
parlerai avec raison, avec force, avec

éloquence; je finirai par la subjuguer. » Et la verbeuse gouvernante médite un discours pour le lendemain.

Ludovie avait l'habitude de se lever à six heures du matin; mais on se couche tard à Paris, et tout le monde dormait encore dans l'hôtel lorsqu'elle s'éveilla. Elle se souvint alors que son appartement donnait sur le jardin et qu'il devait y avoir une terrasse où elle jouait étant petite. Se levant sans bruit, elle chercha le chemin du cabinet dont les fenêtres ouvraient sur cette terrasse. Elle eut quelque peine à le retrouver. Ses souvenirs étant confus, elle craignait d'entrer chez madame de Saint-Sauveur, qu'elle n'était nullement impatiente de revoir; néanmoins elle arriva heureusement où elle avait dessein d'aller, ouvrit la fe-

nêtre avec précaution, et s'établit sur
un banc qu'elle reconnut ou crut reconnaître; là, s'amusant à regarder le
jardin, elle cherchait à se rappeler
mille petites circonstances enfantines
dont elle avait conservé la mémoire
parce qu'elle les racontait souvent à
Fontevrault. Parmi ses souvenirs il en
est un toujours cher à son cœur. Près
de la terrasse était un joli bosquet où
elle avait vu un nid de fauvettes.
L'ayant fait remarquer à sa mère, elles
leur portaient à manger tous les jours,
et les petits devenus grands béque-
taient autour d'elles le grain qu'elles
avaient jeté. Ludovie chercha des yeux
ce bosquet, le découvrit sur-le-champ,
et y attacha ses regards. Au fond du
bosquet, sous le feuillage de plusieurs
lilas, elle croit apercevoir de grands

yeux élevés vers elle. Bientôt sûre de
ne s'être point trompée : « C'est Roger,
c'est lui-même, pensa-t-elle; plus libre
que moi, il profite de sa liberté, il se
promène et moi je ne puis sortir! » Elle
le regarde, lui sourit; il n'ose répondre à ce sourire, mais ses yeux expri-
ment qu'il est heureux de la revoir.
Un muet entretien s'établit innocemment entre Ludovie et le page. Ils
oublient que le temps s'écoule, et se
laisseraient surprendre si madame de
Saint-Sauveur, en ouvrant sa porte,
n'eût appelé les femmes afin qu'elles
allassent lever leur jeune maîtresse. A
sa voix, Ludovie fait un signe à Roger,
quitte la terrasse dont elle referme la fenêtre, et rentre chez elle au moment où
madame de Saint-Sauveur se présente.

« Quoi! mademoiselle est déjà le-

vée? » dit-elle. Ludovie ne lui répondit
rien. « C'est, continua la gouvernante,
une habitude de couvent que vous
perdrez bientôt à Paris. On se couche
sûrement de très-bonne heure à Fontevrault; il en sera tout autrement par
la suite, quand mademoiselle ira dans
le monde, au bal, au spectacle, à la
cour. » Madame de Saint-Sauveur souriait en parlant ainsi, croyant que les
plaisirs qu'elle annonçait devaient en-
chanter Ludovie. Mais elle n'eut pas
l'air de l'écouter, et dit à ses femmes
de l'habiller. Madame de Saint-Sauveur, que ce silence déconcertait, n'o-
sait s'en plaindre devant témoins, craignant une réponse désobligeante, et
se retira pendant que mademoiselle de
Limours faisait sa toilette du matin. Dé-
livrée de la gêne que lui cause sa pré-

sence, Ludovie examine ses femmes-de-chambre; la première a quarante ans; son air est respectueux et froid : la seconde est jeune, riante, jolie. Mademoiselle de Limours veut savoir comment elles s'appellent. La plus âgée lui répond qu'elle se nomme Beauvais, la seconde, qui est sa nièce, dit qu'elle s'appelle Henriette. Désirant rester seule un moment avec cette dernière, qui lui plaît mieux que l'autre, Ludovie, pendant qu'elle tresse ses cheveux, prie la tante d'aller dire qu'on apporte son déjeuner. L'ayant ainsi éloignée elle demande à Henriette à quelle heure se lève sa mère, comment se porte Adrienne, et pourquoi elle ne vient point la voir. Henriette lui répond que la duchesse se lève à dix heures, qu'Adrienne se porte bien, et que

si elle ne vient pas voir mademoiselle,
dont elle parle avec une vive tendresse,
c'est qu'apparemment on ne le lui a pas
permis. Elle dit ces derniers mots très-
bas et en regardant la porte avec un
air craintif. Ludovie comprit qu'elle
avait peur qu'on ne les écoutât, et n'osa
plus lui faire de nouvelles questions.
Bauvais rentra, et la toilette étant finie,
le déjeuner se trouva prêt dans le salon
où madame de Saint-Sauveur attendait,
et se mit à table avec mademoiselle de
Limours.

Ludovie déjeunait tranquillement
sans s'occuper de la gouvernante, qui
affectait un air de dignité devant les
femmes qui les servaient. La table en-
levée, madame de Saint-Sauveur se
préparait à prononcer le discours
qu'elle avait préparé, et dont elle espé-

rait un grand effet, lorsque Ludovie, courant vers la porte, lui dit qu'elle l'écouterait une autre fois, mais que pour l'instant il lui tardait de voir sa mère, et s'échappa si lestement, que la gouvernante, qui la rappelait, ne put ni ralentir sa course ni la suivre.

Ludovie n'avait point pensé qu'elle ignorait de quel côté était situé l'appartement de sa mère; ayant traversé rapidement la galerie elle se trouva sur l'escalier par lequel elle était arrivée, et ne sut un moment que devenir. Elle pouvait rencontrer le duc; ne se fâcherait-il pas? Ludovie est embarrassée; par bonheur elle aperçoit Adrienne, qui guettait l'occasion de la voir, et était venue plusieurs fois dans la galerie dans cette espérance. Mademoiselle de Limours embrasse ten-

drement son ancienne gouvernante, et
la prie de la conduire chez sa mère..
« Hâtons-nous; dit-elle; madame de
Saint-Sauveur me poursuit. » Adrienne ouvre une porte dont elle a la clef;
elles entrent précipitamment dans une
chambre qui est celle d'Adrienne. Ensuite, après quelques détours, elles arrivent dans un cabinet où Ludovie a
le bonheur de trouver sa mère, de
recevoir ses caresses, et de lui répéter
cent fois qu'elle l'aime.

La vue de Ludovie tendre et caressante avait charmé sa mère, surtout
dans ce moment où elle pensait à elle
avec inquiétude. Ce sentiment provenait de la lettre qu'elle avait reçue de
madame de Fontevrault. Elle la reli-
sait encore lorsque sa fille se précipita
dans ses bras.

L'abbesse avec sollicitude retraçait
de nouveau le portrait moral de Ludovie; trouvant des dangers pour elle
dans sa beauté et dans ses qualités
mêmes, elle joignait à de très-justes
observations des conseils dont Blanche sentait toute la sagesse et qu'elle
voudrait suivre. Mais elle ne sait que
trop le peu d'empire qu'elle aura sur
son enfant, confiée à une femme très-
fière de l'emporter, malgré les droits
d'une mère, et dont Limours seul dispose. Que pourrait-elle opposer aux
volontés d'un père, à celles d'un époux
à qui elle a toujours obéi? Comment
garantir sa fille de l'orgueil dont on
lui donne l'exemple, de cette fierté
déjà dans son caractère, et que l'on ap-
plaudira; de cette flatterie qui a déjà
des charmes pour elle, et de son ima-

gination vive, de cette exaltation qui ne seront point modérées par des avis salutaires! Telles étaient les pénibles réflexions de Blanche et qu'interrompit la présence aimée de Ludovie.

Tout à l'amour et au bonheur, la tendre mère presse sa fille sur son cœur, jouit d'un de ces heureux momens qui font oublier toutes les peines et persuadent que l'on fut toujours heureux et qu'on le sera toujours. Mais apprenant par quel moyen Ludovie est parvenue jusqu'à elle, Blanche, qui d'abord sourit au tendre empressement de sa fille, craint que Limours n'en soit offensé, puisqu'il ne l'a point autorisé, et ne cache point cette crainte à Ludovie; « Quoi! dit-elle, mon père peut-il trouver que j'aie tort d'aimer ma mère? — Non, répondit la duchesse; mais peut-être veut-il décider lui-même des jours et des momens que nous passerons ensemble. Il est ton père, il est mon époux, et il a une si faible santé que par devoir et par tendresse il faut nous conformer à ses moindres désirs. »

Ludovie, attendrie par la douloureuse résignation qu'exprimait la charmante figure de sa mère, tomba à ses genoux en s'écriant : « Je jure de vous aimer plus que tout au monde, de vous obéir. Ordonnez-moi de vous quitter, quelque peine que j'en éprouve, je vais m'éloigner. Je vous serai soumise, ajouta-t-elle en baisant la main de sa mère.—Je ferais peut-être bien, répondit Blanche avec un tendre sourire, de mettre cette charmante douceur à l'épreuve; mais je ne puis m'y

décider. Ton père, ma bien-aimée,
sait à présent que nous sommes ensemble, ne le sût-il point, nous ne voulons
le tromper ni l'une ni l'autre. Jouis-
sons donc d'un si doux moment, peut-
être il ne se présentera plus de long-
temps pour nous. » Et Blanche, ayant
relevé sa fille, l'assit sur ses genoux,
toutes deux se tenaient étroitement
enlacées. La duchesse ne voulant point
continuer un entretien qui pouvait altérer les sentimens de Ludovie pour
son père, parla de Fontevrault, des
objets d'attachement que sa fille y
avait laissés; de l'abbesse et de Marie
de Talmont la bien-aimée de Ludovie.
Elle devait revenir incessamment dans
sa famille, ainsi que mademoiselle de
Limours. « Sera-t-elle donc, demanda
Ludovie, condamnée, comme je le suis,

à l'ennui d'entendre une gouvernante qui parle sans cesse sans rien dire, et m'obsède. Ne pourriez-vous point, maman, me délivrer de madame de Saint-Sauveur et me rendre ma bonne Adrienne de Beaumont, que jamais je n'ai oubliée? — Ma fille, répondit la duchesse, si je le pouvais je souscrirais à vos désirs; mais votre père a la plus haute idée des talens, de l'instruction de madame de Saint-Sauveur, je crains, si vous montrez de l'éloignement pour elle, si vous recherchez mon amie Adrienne, que vous n'attiriez sur elle le mécontentement de votre père, et qu'il ne me prive de la douceur que je goûte dans les soins et dans l'attachement de cette chère amie; prenez donc garde, par amitié pour moi, à ce que vous direz de cette personne qui m'est chère. — Je me tairai, maman, reprit Ludovie; je me tairai; je recevrai de mon mieux les soins et les secours de cette femme, que je n'aimerai jamais. O ma mère! s'écria avec amour Ludovie, parlez, ordonnez, pour vous je souffrirai tous les sacrifices! Non, il n'en est pas un auquel je refuse de me soumettre quand il me sera prescrit par ma mère! » Et Ludovie la couvrait de baisers, lorsque madame de Saint-Sauveur, qui n'était ni attendue ni désirée, entra dans le cabinet de la duchesse, étonnée qu'elle eût osé y pénétrer. Au tableau touchant de l'amour maternel et filial qui s'offre à ses regards, elle s'arrête un instant; puis elle dit, avec politesse, que M. le duc demande Mademoiselle. « Ma fille, dit Blanche à voix basse, il faut obéir à ton père et l'aimer. — J'adore ma mère, » répondit Ludovie en lui donnant mille baisers. Se détachant d'elle à regret, la duchesse se lève et sort de son cabinet. Alors Ludovie suivit sa gouvernante.

Le duc en apercevant sa fille lui adressa ces paroles d'un ton sévère : « D'où venez-vous? — D'embrasser ma mère. — Qui vous y a conduite? — Mon cœur. — Pourquoi n'avez-vous pas attendu mes ordres? — Je n'ai pas cru en avoir besoin pour remplir un devoir si doux. »

Tandis que Ludovie répondait à son père, il l'examinait avec plus de satisfaction qu'il ne voulait en laisser paraître. « J'aurais, pensait-il, agi et répondu comme elle. Ma fille a non-seulement mes traits; elle a encore mon

caractère et non la douceur passive de
la duchesse. »

Après un moment de silence, le duc
instruisit sa fille de la conduite qu'elle
devait tenir à l'avenir ; il lui ordonna de
ne jamais faire un pas sans être accom-
pagnée de sa gouvernante, de la respecter, de profiter de son instruction;
d'écouter ses conseils ; de ne voir sa
mère qu'alors qu'il l'enverrait avertir
de venir au salon ; il lui permit de se
promener chaque jour dans son jardin
avec madame de Saint-Sauveur, et la
laissa libre d'aller dans son appartement ou à la promenade. Ludovie pré-
féra aller revoir les bocages, qui se cou-
ronnaient déjà d'une tendre verdure;
et madame de Saint-Sauveur l'y suivit
un peu malgré elle, n'aimant point,
dit-elle, l'air du matin, et craignant

qu'il n'enrhumât Mademoiselle. Mais
Ludovie, qui à Fontevrault s'était accoutumée à prendre de l'exercice dès
la naissance du jour, l'assura qu'il lui
ferait beaucoup de bien, et son opi-
nion l'emporta sur celle de la gouvernante.

Ludovie en entrant dans le jardin
éprouve un sentiment de crainte; Roger peut-être y est encore. Pourquoi le
redoute-t-elle? La délicate pudeur erre
autour de l'objet dont elle n'ose troubler
l'innocence; cependant elle alarme la
jeune fille sans lui révéler le sujet de sa
crainte. Elle désirait peut-être voir Roger, et elle tremble qu'il ne se présente
à ses regards. Bientôt elle est rassurée.
Le page est absent, et cette absence lui
déplaît. Bientôt elle n'y songe plus;
elle court sur le gazon, dans les allées,

va, vient, s'arrête pour respirer, pour admirer une plante, un arbuste. Madame de Saint-Sauveur, qui ne peut courir comme elle, est assise sous un pavillon, et s'ennuie d'une promenade qu'elle force Ludovie à terminer.

Il tardait à la gouvernante d'établir ses droits sur son élève; mais elle était moins pressée de commencer ses leçons. Cependant elles vont s'asseoir près d'un grand bureau, dans le cabinet où Blanche avait laissé ses livres, ses dessins, ses instrumens. « C'est ici, dit madame de Saint-Sauveur, que nous passerons nos matinées à l'étude; vous prendrez vos leçons de danse dans le salon; ici vous apprendrez votre langue, la géographie et l'histoire, la littérature, etc. Pour aujourd'hui, Mademoiselle, nous ne nous occupe-

rons; que de la manière dont vous de-
vez vous présenter dans le monde; de
vos devoirs envers **M.** le duc votre
père ainsi qu'envers moi qui suis re-
vêtue de son autorité, et qui le repré-
sente auprès de vous. » Alors la gouvernante, prenant un air imposant, se
prépare à développer toute son éloquence. Elle avait même déjà com-
mencé à parler de sa naissance, de sa
fortune, des nobles revers que les
guerres civiles et leur attachement
au Roi avaient attirés sur ses pères,
lorsque Ludovie, ayant aperçu un
dessin qui représentait le château de
Montargis, se lève vivement et court
l'examiner. Interrompue dans son
exorde, madame de Saint - Sauveur
pâlit de colère et réprimande son
élève avec véhémence, lui ordon-

nant de se rasseoir ; mais Ludovie sans l'écouter passe tranquillement d'un tableau à un autre, enchantée de contrarier celle qui ose prendre sur elle des droits qui appartiennent à sa mère, et résolue de la venger d'une usurpation qui la révolte. Madame de Saint-Sauveur menace de se plaindre à monseigneur le duc; cette menace ne produit aucun effet sur un esprit ferme, sur un cœur que la présomption de la gouvernante a blessé. Elle jette sur elle ce regard fier qui l'a déjà déconcertée, et affecte une grande indifférence. Cette scène, qui amuse la jeune espiègle et désespère la gouvernante, est terminée par l'arrivée d'Henriette qui avertit Mademoiselle qu'il est temps de se faire coiffer. Ludovie sort avec elle, madame de Saint-

Sauveur prend le premier livre qui se trouve sous sa main et s'établit près de la toilette de son élève; elle lit ou feint de lire, pour avoir un maintien qui cachât son dépit. La jeune fille s'occupe de l'arrangement de ses beaux cheveux, sourit à Henriette; Beauvais vient compléter la brillante toilette de mademoiselle de Limours, et le duc la fait avertir qu'elle doit paraître au salon; madame de Saint-Sauveur l'accompagne jusqu'à ce qu'elle soit entrée, et Ludovie saluant avec grâce va se placer près de sa mère, dont le sourire et les tendres regards charment son cœur, tandis que le duc jouit avec orgueil des éloges que l'on prodigue à la beauté de sa fille.

Ludovie est au milieu de personnes étrangères, dont aucune n'attire son attention; mais elle est près de sa mère, heureuse de la voir, et dont l'amour ne s'exprime que dans des yeux pleins de douceur. Cette figure charmante, et qui conservait encore la grâce et la timidité de la jeunesse, offrait un contraste frappant avec les traits superbes de Ludovie. Elle est déjà aussi grande que sa mère; elle n'a point cette légèreté de mouvemens, cette délicatesse touchante qui intéressent à la duchesse; mais elle annonce devoir être d'une éclatante beauté. Blanche paraît faite pour plaire, les yeux de Ludovie brillent de tout l'éclat d'une âme fière, née pour commander.

Le dîner est servi; on est à table. Ludovie, placée près de sa mère, porte ses regards de tous côtés; l'entretien n'a d'abord rien qui l'intéresse, et

bientôt sa pensée est fixée, parmi les
officiers qui font le service elle a vu
Roger. Qu'il est adroit! comme il de-
vine ce dont Ludovie a besoin, ce
qu'elle préfère! Elle ne fait pas un
mouvement qu'il n'interprète sa pensée. Il est partout à la fois, et voltige
autour d'elle comme un esprit aérien...
ou comme... un ange. N'osant fixer
sur lui ses regards, elle écoute le léger
bruit de ses pas, et l'entend.... elle le
revoit dans les glaces placées vis-à-vis
d'elle, elle sait qu'il est là... c'est beaucoup. Elle sait qu'il s'occupe d'elle,
qu'il a touché à ce qu'elle touche; elle
sourit innocemment. « C'est un enfant
comme moi, se disait Ludovie. » Raimond aussi, mais que lui importe Raimond? En quittant la table, elle sent
qu'elle quitte Roger.

De retour au salon, et dégagé de la gêne qu'imposait la présence des gens nombreux qui faisaient le service, l'entretien prit un tour à la fois léger, piquant, dans lequel tout était nouveau et dangereux pour Ludovie. La duchesse le sentait avec douleur, et ne pouvant s'opposer à la conversation que Limours approuve, elle espère du moins trouver le moment de détruire le mal qu'il aura pu faire sur une imagination vive, neuve, sur un cœur vierge et tendre. On parlait de la passion du Roi pour madame de Montespan; le nom d'une sœur de l'abbesse avait déjà fixé l'attention de Ludovie, quand le duc de Beauvilliers, prenant la parole, plaignit la tendre La Vallière, si sincèrement attachée au Roi, douce, naïve, née pour la vertu.

« L'amour, disait-il, l'a entraînée, après de longs combats, hors des bornes qu'elle espérait ne jamais franchir. Toute recueillie en elle-même et dans sa passion, elle a toujours été plus attentive à songer à ce qu'elle aimait qu'à chercher à lui plaire. Sans ambition, sans projet, enfin celle que madame de Sévigné appelle l'*humble violette*, cette La Vallière si touchante, si tendre, et si honteuse de l'être, qui eût aimé Louis quand il n'eût été qu'un simple particulier, qui deux fois a cherché au pied des autels des armes contre sa faiblesse, sans pouvoir en triompher, se voit sacrifiée aujourd'hui! elle n'est pas abandonnée, ajouta le duc, mais le Roi ne tient à elle que par un reste d'habitude. Elle s'en est aperçu depuis long-temps; et

l'amour, qu'elle ne peut encore arracher de son cœur, l'a retenue à la cour
comme pour ajouter au triomphe de
sa rivale. Elle aime encore éperdûment. La voyant souffrir des préféren-
ces que le Roi accordait devant elle à
madame de Montespan, je l'engageais
à se soustraire à ce supplice, elle me
répondit en soupirant. *Quand je serai*
aux Carmélites, et que j'aurai quel-
ques peines, je me souviendrai de ce
que m'ont fait souffrir ces gens-là.
Elle y est aujourd'hui, du consentement du roi, et n'en sortira plus. »

M. le duc de Vivone, premier gen-
tilhomme de la chambre, amusant,
sans méchanceté ni malice, entendant
bien la plaisanterie, s'y prêtant de
bonne grâce, interrompit le duc de
Beauvilliers, en l'assurant que madame

de La Vallière aurait tort de se retirer
aux Carmélites; que l'attachement du
Roi pour madame de Montespan serait passager; qu'il en reviendrait à
cet amour si tendre, à ce caractère si
modeste et si doux, à ces grâces inté-
ressantes qui l'ont captivé long-temps.

« Je n'en crois rien, dit le duc de
Limours, l'amour éteint ne se rallume
jamais; celui qui n'aime pas est plus
près d'aimer que celui qui n'aime plus,
surtout celui qui en aime une autre. »
Ce peu de mots blessa le cœur de la
duchesse; elle pâlit, et sa fille, qui
s'en aperçut, pressa tendrement sa
main. Blanche en éprouva une peine
plus cruelle encore; elle sentit que sa
fille l'avait comprise, et en faisait l'ap-
plication. « Ce qui m'amuse, répondit
en riant le marquis de Créqui, dont l'es-

prit léger ne s'était jamais occupé que de plaisirs, c'est l'oubli complet où nous sommes de la Reine ; nous ne songeons qu'aux maîtresses du Roi, et nous ne parlons jamais de la vertueuse Marie-Thérèse, de son amour si vrai, de ses chagrins, mille fois plus intéressans que ceux de La Vallière. — La Reine, répliqua Limours, est sans doute une épouse soumise, tendre et fidèle ; mais elle est jalouse du Roi, et n'a jamais songé qu'un prince jeune, beau, magnifique, aimant, la gloire, les arts et les plaisirs, ne pouvait être fixé que par l'esprit et les charmes. Elle a trop exigé et a cessé d'obtenir. Le Roi l'aimait et la trouvait belle, elle a brisé sa chaîne en voulant trop la resserrer. Madame de Montespan est fière, capricieuse, sa beauté est parfaite, son

esprit fin, brillant; des expressions sin-
guliéres, une éloquence, une justesse
qui lui forment un langage particulier
et délicieux qui appartient à la famille
des Mortemart, ont souvent amusé la
reine, et fixeront le roi par la variété
de tant d'agrémens. »

Pendant que Ludovie entend ce
dont on n'avait jamais parlé devant
elle, sa jeune âme est agitée, et cependant elle ne sait encore ce qu'elle pense; tout ce que l'on a dit la surprend;
et la surprise absorbe la réflexion.
Elle voit au silence embarrassé de sa
mère, que cet entretien lui déplaît; dès
lors elle croit qu'il n'est pas ce qu'il
devrait être; pourquoi? elle l'ignore;
mais elle consultera sa mère, qui ne la
trompera pas; elle n'en croira qu'elle,
et il lui tarde que les convives se reti-

rent, pour être seule avec le guide aussi aimé que prudent dont l'expérience
et la tendresse sauront l'éclairer. Mais
on se met au jeu, Blanche est forcée de
s'y placer. Ludovie, assise près d'elle,
examine la partie, et s'étonne de voir
que l'on est si sérieux en jouant; elle
s'ennuie, et n'est point fâchée quand
madame de Saint-Sauveur l'avertit
qu'il est l'heure où elle doit se retirer.
Limours tend à sa fille une main caressante, Blanche l'embrasse tendrement, et elle sort avec la gouvernante.

Ludovie est encore trop jeune pour
veiller; elle soupe dans son appartement avec sa gouvernante; ses femmes-
de-chambre les servent. Ce souper est
triste, car Ludovie, rêveuse sans bien
définir ce qui occupe son imagination,
garde le silence, qu'interrompt inuti-

lement madame de Saint-Sauveur. Ludovie lui répond à peine; il lui tarde
d'être seule pour descendre dans sa
pensée. Ce moment qu'elle désire arrive enfin, et loin de chercher le sommeil, elle s'interroge sur ce qui la trouble. « La chère abbesse avait bien
raison, pensa-t-elle, quand elle me
disait que tout serait nouveau pour
moi dans le monde. On y joue sans
gaîté, on y parle un langage auquel je
n'entends rien, et d'un amour que je
ne conçois pas. Être la maîtresse d'un
roi... qu'est-ce donc? pourquoi la duchesse de La Vallière est elle honteuse d'aimer Louis XIV, ce souverain
généreux, grand et couvert de gloire?
pourquoi est-elle jalouse de ce que
madame de Montespan l'aime aussi?
Toute la France l'adore, et moi, qui

ne suis qu'une enfant, je l'aime également. Nous avons toujours prié pour lui dans notre abbaye...; mais je chercherai en vain à m'expliquer ce que j'ai entendu sans le comprendre. Dormons, et demain tâchons d'entretenir ma mère. » Bientôt après Ludovie s'endormit; mais l'agitation de son esprit la réveilla avant l'heure. Qu'est-ce qu'elle entend? Elle croit d'abord qu'un songe heureux l'abuse; elle écoute..... Ce n'est point une illusion; des sons flattent agréablement son oreille; ils partent du jardin. Une main timide et légère presse faiblement les cordes d'une guitare : on dirait que le musicien ne veut être entendu que de Ludovie: la musique est tendre, plaintive, elle touche, elle émeut. Surprise, attendrie, elle voudrait l'entendre de

plus près, elle n'ose pourtant se lever,
car son cœur, qui palpite, lui a déjà
dit : « C'est Roger. » Comme il joue tendrement ! Que ses accords sont doux !
ils entourent la jeune fille d'une har-
monieuse vapeur. Le silence succède
trop tôt à cette musique mystérieuse. Ludovie espère en vain l'entendre encore ;
le tremblant musicien s'est éloigné, de
crainte d'être surpris. Elle le regrette.
« Peut-être, dit-elle, il croit que je ne
l'ai pas écouté ; il est affligé. J'aurais
bien du chagrin s'il était fâché. Je ne
sais comment je pourrais lui dire que...
que j'aime beaucoup... la guitare. S'il
se montre demain dans le bosquet....
Mais avant tout il faut que j'en parle
à ma mère. » Tranquillisée par cette
sage résolution, Ludovie, malgré les
charmes de la musique et le souvenir

du page, goûta quelques heures d'un paisible repos, et chercha, **mais en vain**, pendant plusieurs jours de suite, à s'entretenir librement avec **sa mère**. D'après les volontés de Limours, et les vues intéressées de madame de **Saint-Sauveur** et la soumission à laquelle le duc avait accoutumé la douce **Blanche**, elle n'osait prendre sur elle d'engager sa fille à désobéir à son père; **mais si** elle eût pu soupçonner quel était le vrai caractère de celle à qui sa fille était confiée, elle eût tout bravé pour la défendre des mauvais principes de cette femme romanesque, artificieuse, et d'un amour naissant qui pouvait détruire à jamais le bonheur de Ludovie.

———

CHAPITRE III.

——

MALGRÉ la confiance que madame de Saint-Sauveur cherchait à inspirer aux autres sur ses talens et son instruction, plus modeste avec elle-même, ce n'était pas sans une sorte d'inquiétude qu'elle se préparait à donner des leçons à mademoiselle de Limours. Si son esprit n'était ni juste ni brillant, il était fin, et l'intérêt la rendait intelligente et adroite. Elle s'était déjà aperçu combien Ludovie lui était supérieure sous les rapports les plus essentiels à l'éducation, et

tremblait de mettre à découvert aux
yeux d'une jeune fille, à qui il était
évident qu'elle déplaisait, toute son
infériorité. Elle sentit bien vite l'avantage qu'elle donnerait à l'élève sur la
gouvernante, et qu'au lieu de la tenir
dans sa dépendance ce serait elle qui
se placerait sous la sienne. Cette situation était pénible ; mais madame de
Saint-Sauveur espéra trouver le moyen
de l'adoucir, et se détermina à l'em-
ployer, dût-il être contraire à ses devoirs.

Ludovie avait pensé à peu près
comme elle, et aspirait à recevoir ses
leçons autant que la gouvernante redoutait de les donner. « Quand je l'aurai
convaincue, se disait-elle, qu'il est
impossible qu'elle remplisse l'emploi
auquel mon père la destine, au lieu

de lui obéir je lui commanderai, il faudra bien alors qu'elle me laisse jouir du bonheur de m'entretenir librement avec ma mère. »

Ludovie, douée d'une mémoire heureuse et d'une prompte intelligence, avait, par les soins de l'abbesse de Fontevrault, appris non-seulement le français, mais la langue latine. Elle les savait parfaitement toutes les deux, connaissait l'histoire, la sphère céleste, la géographie, possédait en littérature du tact, et un goût que l'abbesse avait rendu délicat. Dès la première leçon elle s'amusa à déconcerter sa gouvernante par l'étalage de son savoir, et lui demanda avec un sourire ironique ce qu'elle comptait lui apprendre.

L'adroite gouvernante, qui s'attendait au triomphe de son élève, et s'y était préparée, lui répondit sans se déconcerter : « Assurément rien, Mademoiselle; vous en savez beaucoup plus que moi : il est très-peu de jeunes personnes élevées comme vous l'avez été, et je dirais même qu'il n'en est aucune qui puisse se comparer à vous. L'éducation des demoiselles n'a pas encore été poussée aussi loin, et vous l'emporteriez sur mesdames de Sévigné, Deshoulières, de la Suze, qui ont tant brillé de nos jours. »

La jeune vanité de Ludovie, flattée de cet éloge, lui persuada que sa gouvernante avait plus d'esprit qu'elle ne l'avait pensé d'abord. On croit volontiers du mérite à ceux qui nous louent; elle ne fut plus tentée de se moquer de celle qui l'élevait au-dessus de madame de Sévigné, que toute la France

admirait; de madame Deshoulières,
qui était mourante et dont on pleu-
rait d'avance la fin prochaine; et de
l'aimable Henriette de Coligny, com-
tesse de la Suze, dont on redisait les
élégies en donnant des larmes à sa
mort récente. La gouvernante s'aperçut avec joie de l'effet de la flatterie
sur son élève, et ne redouta plus rien :
nous sommes forts du faible d'un autre; ce moyen une fois découvert, si
nous savons en profiter, celui que nous
voulons subjuguer est à nous. Cependant Ludovie connaissait aussi le côté
faible de sa gouvernante, et elle avait
plus de caractère qu'elle. Sa situation
l'élevait au-dessus de madame de
Saint-Sauveur; elle n'était point dans
l'intention de perdre aucun de ses
avantages; et comme la leçon avait été

assez longue et surtout fort intéressante pour l'une et l'autre, elles la terminè-rent en remettant au lendemain une lecture amusante.

Ludovie à sa toilette rêve à l'entre-tien qu'elle vient d'avoir : « Je voulais, pensait-elle, faire renvoyer cette femme, et je le puis; mais je change d'idée. Elle n'osera plus me traiter comme une enfant, je serai libre; elle ne m'en-nuiera plus de ses longs discours; et ce qui me rend bien plus heureuse, je pourrai voir sans contrainte, entrete-nir sans être interrompue ma tendre et charmante mère. Cette femme me convient parfaitement; je ne le lui dirai pas, il faut qu'elle me redoute. »

On sent combien ces réflexions dan-gereuses devaient être agréables à une jeune personne qui y puisait la certitude de jouir de sa liberté. La gouvernante était de son côté satisfaite, et rien ne devait à l'avenir troubler entre elles l'intelligence.

Les intentions de Ludovie étaient aussi innocentes que celles de madame de Saint-Sauveur étaient coupables. Elle désirait prévenir sa mère de ce qui s'était passé entre madame de Saint-Sauveur et elle; elle souhaitait lui apprendre qu'à l'avenir elles se verraient sans que la gouvernante s'y opposât, et attendait impatiemment l'heure de paraître au salon, résolue à en profiter pour s'expliquer avec sa mère; mais ce jour même le duc donnait un grand dîner, et Ludovie malgré elle fut distraite de la pensée qui l'occupait, en revoyant Roger, qu'elle craignait d'avoir affligé en ne lui faisant pas con-

naître qu'elle l'avait écouté. On parla
du nouvel opéra de Quinault, et on
demanda à Ludovie si elle aimait la
musique. Ayant vu dans la glace qui
était vis-à-vis d'elle Roger s'arrêter
comme pour écouter sa réponse, elle
dit en rougissant : « J'ai entendu seulement à l'abbaye de Fontevrault des
chants d'église qui m'ont extrêmement
émue, et depuis une simple guitare
qui m'a causé un très-grand plaisir. A
ces mots, voyant Roger rougir et s'é-
loigner, elle sentit qu'il l'avait comprise, et son cœur fut satisfait. Il n'en-
trait dans les paroles qu'elle venait de
prononcer ni coquetterie, ni finesse;
simplement elle ressentait le désir de
n'avoir point causé de chagrin à Roger; elle éprouva un grand soulage-
ment de cœur, en pensant qu'il était

heureux des paroles qu'elle n'avait prononcées que pour lui. Tranquille sur le chagrin qu'elle se reprochait, Ludovie ne songea plus à Roger du reste de la soirée, pendant laquelle son attention fut entièrement captivée par l'entretien général. Madame de Montespan était au nombre des personne réunies chez Blanche, et fit le plus aimable accueil à Ludovie, qui remarqua combien on cherchait à plaire à cette femme enchanteresse qu'on environnait d'hommages, d'encens et d'égards. On enviait d'obtenir de cette éclatante beauté un mot, un regard, un sourire. Les femmes elles-mêmes s'efforçaient de lui plaire; la seule Blanche paraissait n'en rien attendre, n'en rien désirer, et conservait une attitude calme et réservée qui n'a-

vait rien de flatteur ni d'offensant. La
belle favorite parlait avec l'assurance
que donne le succès. Sûre d'être écoutée avec attention, entendue avec
plaisir, elle se montrait tour à tour
enjouée, caustique, raisonnable, capricieuse, et parfaite sous chaque for-
me qu'elle empruntait. Frappant ses
ennemis des traits du ridicule, louant
le Roi avec tout l'enthousiasme d'un
cœur épris, elle étonnait la jeune âme
de Ludovic, qui en silence recueillait
ses paroles et examinait tous ses mouvemens. Elle quitta de bonne heure la
duchesse pour se rendre à l'Opéra, et
fut suivie de presque tous les seigneurs qui étaient présens et qui se
faisaient gloire de paraître avec elle au
spectacle où le Roi devait se rendre.
Limours s'excusa sur sa faible santé

de-ne point l'accompagner; depuis la
mort de Madame il n'avait pas voulu
retourner dans ces lieux qu'elle avait
tant de fois embellis. Ludovie regretta
la présence de celle qui surprenait son
esprit en le charmant. L'entretien ne
roula plus que sur la guerre; le maréchal de Bellefonds félicita Limours de
la belle conduite d'Henri de Nougaret,
son neveu, et prédit qu'il serait un
jour maréchal de France. « Je n'en
doute pas, répondit le duc, et je suis
fier d'être son oncle. Il joint à la bravoure la plus brillante sensibilité,
la reconnaissance. Je l'aime comme
j'eusse aimé un fils, si le ciel en eût ac-
cordé un à mes vœux;.... mais, ajouta-
t-il, je crois en retrouver un dans ce
jeune brave. On parla ensuite des gé-
néraux, de Louvois; et l'heure où Lu-

dovie avait coutume de se retirer
étant venue, elle retourna sans regret
dans son appartement, où madame de
Saint-Sauveur se montra empressée et
complaisante.

« Mademoiselle a dîné aujourd'hui
avec la marquise de Montespan, dit la
gouvernante; comment l'a-t-elle jugée? — C'est, répondit Ludovie, la
sœur de madame de Fontevrault, ce
titre m'attache à elle; je la trouve,
comme je l'ai déjà trouvée, d'une
grande beauté; mais ma chère abbesse
est encore plus belle; sa figure a plus
de calme, de noblesse, conserve plus
long-temps la même expression. Celle
de madame de Montespan varie sans
cesse et l'on ne peut saisir son vrai caractère dans cette inconcevable mobi-
leté. Elle exprime à la fois tous les

contraires; en vérité je ne sais ce que
j'en pense, mais elle m'éblouit.

— Mademoiselle, répondit la flatteuse gouvernante, vient de définir avec
un talent au-dessus de son âge l'effet
que doit produire madame de Montespan, et j'admire avec quel tact elle l'a
jugée.

— Connaissez-vous, demanda Ludovie, le neveu de mon oncle, le
jeune Henri de Nougaret, dont le maréchal de Bellefonds et mon père ont
fait un si grand éloge? — Non, mademoiselle; je sais seulement que M. le duc
l'aime tendrement; j'ai entendu dire
que c'était pour lui assurer ses titres, sa
fortune, que M. le duc voulait vous
faire religieuse. — Me sacrifier à son
neveu! non, mon père n'en est pas capable; ma mère ne le souffrirait pas!—

Madame la duchesse n'a aucun empire sur les volontés d'un mari qu'elle aime jusqu'à l'idolâtrie. Son caractère est faible et timide; elle sacrifie ses plus doux plaisirs, et même ses devoirs, à la crainte de lui déplaire. Loin de chercher à vous rapprocher d'elle, ce qui devrait être son premier soin, elle vous livre à moi, pour qui elle n'a ni amitié ni estime. Sa conduite a toujours été irréprochable; elle est pieuse, elle a des vertus sévères; c'est une femme très-respectable, mais dans laquelle vous ne trouverez point d'appui. — Je n'en ai pas besoin contre mon père, répondit Ludovie avec fierté. — Je le souhaite, mademoiselle, dit la gouvernante. »

Ces derniers mots offensèrent mademoiselle de Limours. Le souper était fini, elle se retira en silence; mais madame de Saint-Sauveur avait produit l'effet qu'elle voulait produire. Certaine d'avoir jeté une sorte d'hésitation dans le sentiment que Ludovic portait à sa mère, et de défiance sur les projets de son père à son égard, elle se flatta de réunir sur elle l'affection et les espérances de son élève.

Madame de Saint-Sauveur ne s'était pas entièrement trompée. Ludovic, qui recherchait avec empressement l'occasion de s'entretenir librement avec sa mère, voyait qu'elle ne secondait point ses efforts, et la blâmait de l'espèce d'abandon où elle la laissait. « Il est impossible, se disait-elle, que ma mère ait eu la moindre confiance en madame de Saint-Sauveur : comment livre-t-elle son unique enfant à une femme qui me flatte et n'est pas capable de m'instruire. Ma mère, que j'aime si tendrement, à qui je voudrais ouvrir mon cœur, s'oppose elle-même à ces épanchemens dont j'ai besoin pour mon bonheur et pour ma conduite. Comment m'expliquer cette insouciance? n'est-elle pas ma mère?... qui peut me ravir à l'obéissance que je lui dois, aux instructions que j'attends d'elle? Je suis sûre qu'elle m'aime; elle sait que je l'adore, pourquoi délaisse-t-elle son enfant? Elle craint mon père; mais la crainte doit-elle triompher de cet amour de mère, si vif et si tendre? Je me perds dans mes pensées, et je renonce à réfléchir, car je ne sais tirer aucun résultat de mes idées. »

Ludovie, dont l'agitation rendait le

sommeil léger, crut dans la nuit entendre encore les mêmes accords qui l'avaient déjà charmée; elle ne veut plus que Roger, car elle sent que c'est lui, doute qu'elle ne l'écoute, et d'un pas timide elle gagne la terrasse, ouvre la fenêtre avec le moins de bruit possible. Ce bruit, tout léger qu'il est, a été entendu; le musicien, charmé, après avoir préludé quelques momens, chanta d'une voix tendre ces paroles :

ROMANCE.

Filles du printemps et de Flore,
Naissez pour elle, aimables fleurs;
A ses yeux hâtez vous d'éclore,
Étalez vos riches couleurs.
Frais lilas, parfumez l'ombrage;
Rose, entr'ouvre ton sein vermeil,
Et que les chantres du bocage,
Comme vous, charment son réveil.

Tu m'apparais, naissante aurore,
Marche lentement dans les cieux.
Brillant soleil, attends encore
Pour suivre ton cours radieux.
Elle dort: son âme est paisible;
Ne troublez pas son doux sommeil;
Et que la corde, plus flexible,
Craigne de hâter son réveil.

Dieu des vers, c'est toi que j'implore!
D'aujourd'hui, nouveau troubadour,
J'offre à la beauté, qui l'ignore,
Ces airs, ces premiers chants d'amour.
Puisse ma voix, timide et tendre,
Bercer doucement son sommeil!
Je n'oserai la faire entendre
Dès le moment de son réveil.

Ludovie écoutait encore, mais le chant avait cessé; elle n'entendait plus que quelques accords qui, par l'affaiblissement des sons, l'avertirent que le musicien s'éloignait. « La jolie voix! pensa Ludovie; que Roger est aimable! il a les plus beaux yeux du monde. C'est dommage que mon père n'aime pas la musique, et qu'il ne veuille pas que je l'apprenne; Roger m'aurait donné des leçons, et j'aurais fait de grands progrès. Si j'ai bien compris les paroles qu'il a chantées, l'air et la romance sont de lui; ainsi il a bien du talent. J'apprendrais quelque chose avec lui, tandis qu'avec madame de Saint-Sauveur je ne puis rien acquérir. »

Après avoir encore regardé de tous côtés, elle quitte la terrasse, referme sa fenêtre, et va se remettre dans son lit. Les yeux de Roger, ses chants la suivirent. Elle les trouve plus agréables que le sommeil, aussi ne vint-il pas les lui faire oublier.

CHAPITRE IV.

LE duc recevait alternativement les partis les plus opposés de la cour; Ludovie ne connaissait encore que les partisans de la favorite, lorsqu'elle trouva chez son père, Benserade, d'un esprit aimable et d'un caractère liant; le duc de Lauzun, que son mariage projeté avec Mademoiselle, et rompu au moment de se conclure, son rapide avancement, ses revers, rendaient célèbre; et le duc de Longueville. Benserade était le plus sincère ami de la duchesse de La Vallière; le duc de Longueville en était passionnément amoureux, et avait sollicité sa main depuis qu'elle avait cessé de plaire au Roi. Le duc de Lauzun haïssait madame de Montespan, qui l'avait fait enfermer dans le fort de Pigneroles. Ces trois personnes, animées des mêmes sentimens, exprimèrent le mépris et la haine qu'ils portaient à la fière rivale de celle qui leur était chère. Ils déclamèrent contre son luxe, ses profusions, son arrogance, et firent de son caractère et de ses mœurs un portrait qui frappa Ludovie. Bientôt ils ne parlèrent plus que de la conversion de la duchesse de La Vallière, de l'exemple de repentir qu'elle offrait au monde, et annoncèrent que sa grande **piété** obtenait que l'on raccourcît pour elle le temps des épreuves, et qu'elle prononcerait incessamment ses vœux.

« Je n'aurais jamais cru, dit Limours, qu'elle renoncerait au monde, ayant des enfans qui établissaient d'éternels liens entre elle et le Roi ; j'avais toujours cru qu'il en serait de même de cette retraite dans un monastère, que de celles qu'elle avait déjà faites à Saint-Cloud et à Chaillot dans la seule pensée d'enchaîner de nouveau le Roi par la crainte de la perdre.

— Vous connaissez bien peu cette âme sincère et véritablement digne de la vertu, reprit Benserade. Lorsque mademoiselle de La Vallière se renferma à Saint-Cloud, elle adorait Louis XIV ; mais elle était innocente encore ; alarmée de sa faiblesse, tremblant de succomber à l'amour, elle se

jeta dans les bras de la religion. Le Roi
l'en arracha; elle perdit le bonheur
avec l'innocence, et ne cessa de pleu-
rer sur sa faute, même dans les temps
heureux, où, passionnément aimée,
elle croyait l'être toujours. J'ai vu souvent ses combats, ses larmes qui partaient d'un cœur pur, mais séduit; jamais l'enivrement de l'amour ne lui fit
un moment oublier la honte attachée
à sa faiblesse.

— Bien différente en cela, dit le
duc de Lauzun, de madame de Montespan, qui en fait gloire.

— Enfin, ajouta tristement le duc
de Longueville, elle s'est dérobée au
Roi, à la cour, à l'amitié, à mes vœux;
puisse la paix et le bonheur rentrer
dans son âme !

— Cette cérémonie sera bien édi-

fiante, dit Banserade; le Roi avait
quelque envie d'y paraître, mais il a
senti combien il serait cruel qu'il as-
sistât au sacrifice de sa tendre victime,
et il n'ira point.

— Hélas! répondit le duc de Longueville, j'irai entrevoir pour la dernière fois cette figure si touchante,
et verser des larmes sur son sort.

— Elle ne sera point malheureuse,
assura Benserade; tout en elle est vrai,
son repentir et sa piété. »

Ce qu'entendait Ludovie pénétrait
son cœur; elle s'intéressait à celle que
l'on représentait sous des traits aussi
touchans; elle plaignait ses chagrins
quoiqu'elle ne les comprît pas tous.
Madame de Montespan lui avait semblé parfaite; elle avait vu combien
elle était admirée, et se demandait

pourquoi la même personne obtenait tant d'hommages et excitait une aussi grande haine. Ce n'était pas à son âge, et sortie à peine d'un couvent, qu'elle pouvait s'expliquer de pareilles contradictions. « Ma mère, pensait-elle, m'éclairerait, si elle voulait m'entendre; mais elle semble m'éviter; mon cœur lui est ouvert, elle ne veut pas y lire. Est-ce faiblesse ou respect pour les volontés de mon père? Comment mon père me prive-t-il de mon guide naturel, et dont il ne peut qu'estimer les vertus et chérir l'inaltérable douceur? »

C'est en se parlant ainsi que Ludovie rejoignit madame de Saint-Sauveur, qui, toujours plus empressée à lui plaire, faisait des progrès dans son esprit. Le besoin de s'épancher, d'interroger, d'apprendre, amenait insensiblement la confiance. Ludovie résistait encore au désir d'exprimer ses sentimens à un autre qu'à sa mère. Madame de Saint-Sauveur, qui s'entendait avec le duc pour éloigner Blanche de sa fille, tout en ayant l'air de ne plus s'opposer à leur réunion, voyait avec joie venir le moment où Ludovie se livrerait à elle.

Du jour où il avait été convenu que, ces leçons étant inutiles, on y substituerait des lectures instructives et amusantes, madame de Saint-Sauveur consulta le goût de son élève. Ludovie aimait la littérature; l'abbesse de Fontevrault lui avait fait connaître une partie des auteurs classiques. Elle avait appris plusieurs idylles de Deshouliéres, quelques fables de La Fontaine et

des odes du grand Rousseau. Non-seulement le goût avait présidé au choix
de l'abbesse, mais l'innocence avait été
respectée. Rien de ce qui émeut le cœur
et porte le trouble dans l'imagination
n'avait été exposé à l'enfance de Ludovie. Madame de Saint-Sauveur était
loin de connaître cette délicatesse, et
pourvu qu'elle plût à son élève, le reste
lui importait peu. Les romans de mademoiselle de Scudéry étaient alors
fort en vogue; les tendres poésies de
Segrais, les bergeries de Racan jouis-
saient du plus grand succès. Madame
de Saint-Sauveur les offrit à Ludovie,
qui s'empressa de les lire. Ces ouvra-
ges peignaient l'amour et portoient son
émotion dans le cœur de la jeune fille;
tous lui représentaient Roger. Elle l'a-
vait pris d'abord pour son ange gar-

dien ; avec Scudéry il est son héros,
avec Segrais et Racan il devient son
berger. A chaque instant elle songe à
lui ; elle l'aime d'amour et ne le sait
pas.

Aussi tendre, aussi peu instruit
qu'elle dans l'art d'aimer, le jeune page
ignorait qu'il fût éperdûment amoureux. S'il cherchait à s'attirer un regard de Ludovie, à deviner sa pensée ;
s'il s'empressait de la servir ; chantait,
pinçait de la guitare pour elle, il
croyait badiner avec une belle enfant,
qui payait ses soins d'un sourire. Le
page ne s'approchait d'elle que lorsque son service l'exigeait ; mais il
passait une partie des nuits sous sa fenêtre, chantant à demi-voix ou jouant
quelques airs nouveaux. De son côté,
Ludovie l'écoutait ; Roger n'en désirait

pas davantage. Il s'établissait entre eux
une union mystérieuse et tendre qui,
sans le secours de la parole, devenait
intime. N'éprouvant aucun désir, ne
formant aucun projet, ils se trou-
vaient heureux. C'était l'amour encore
enfant, et s'ignorant lui-même. Ils se
souriaient, s'entendaient, et cependant
ne se parlaient pas; l'aile du temps était
pour eux si légère, qu'ils ne le sentaient
pas s'envoler. Momens délicieux! pendant lesquels on jouit à la fois de l'a-
gitation et du calme, où tout intéresse
sans tourment, vous n'appartenez qu'à
l'innocence!

Le duc de Limours éprouvait quelquefois des retours de sa maladie de
poitrine. Alors, réduit à observer le
plus grand silence, il restait dans son
appartement et n'y recevait que sa

femme, qui savait seule adoucir ses
maux, et ne le quittait ni jour ni nuit.
Un de ces accidens douloureux vint
encore jeter des alarmes dans le cœur
de Blanche. Elle se renferma près de
Limours, et Ludovie eut la permission de venir tous les matins passer
quelques momens près du lit de son
père. Blanche la pressait dans ses bras,
sur son cœur, la regardait avec tendresse, et s'occupait avec un courage
et une patience admirables des soins
qu'exigeaient les maux de Limours.
Ludovie retrouvait son premier amour
pour sa mère, qui lui paraissait un ange secourant la souffrance. Elle se reprochait d'avoir douté de la tendresse
d'une mère aussi sensible, et aurait
voulu expier sa faute en la lui avouant;
mais elle craignait d'ouvrir son cœur,

depuis qu'il renfermait un secret qu'elle n'aurait pu définir et qu'elle trouvait doux de garder.

La maladie de Limours prit un caractère plus alarmant. Blanche était au désespoir; Ludovie partageait sa douleur, elle oubliait Roger pour ne songer plus qu'à son père. Roger, qui tremble pour les jours de son bienfaiteur, qui sent de quel coup serait frappée celle qu'il aime, ne s'éloigne point des appartemens du duc. Plein de zèle, il vole au-devant des ordres qu'il reçoit et qu'il exécute au même instant. Il ne voit plus Ludovie, ne cherche point à la voir, mais c'est-elle qu'il sert en servant son père. Tant de soins sont récompensés : le duc est rendu à ceux qui l'aiment; il ne lui reste plus que la fatigue qui suit de

longues souffrances. L'hôtel de Limours, de morne et silencieux qu'il
était devenu, reprend bien vite un air
de fête. Le duc est craint de tous ceux
qui le servent ; mais il est généreux,
et chacun adore la duchesse. On connaît ses sentimens, on sait qu'elle serait inconsolable si elle perdait Limours ; c'est à qui partagera la joie
qu'elle éprouve.

Avec le bonheur revint l'amour ;
Ludovie pense que Roger pourra bien
cette nuit même chanter la convales-
cence de son père ; elle n'a pas désiré
une seule fois de l'entendre quand le
duc était souffrant..... ce soir elle le
souhaite, et ce souhait lui est permis.
Mais ni la voix aimée, ni la guitare ne
charment son oreille attentive. Une
larme.... une première larme d'amour

coula sur sa joue. Ludovie n'a pu s'endormir, et dès qu'il fit jour, soit pour respirer l'air frais du matin, soit qu'un vague désir l'y décidât, elle se rendit sur sa terrasse et jeta des regards inquiets autour d'elle. Le ciel était pur et serein; les fleurs du parterre exhalaient leurs parfums; le chant de quelques oiseaux troublait seul la tranquillité des airs. Une douce rêverie s'empara de la jeune fille; elle n'en fut tirée que par la présence de celui qui la causait. Roger, à la vue de Ludovie, s'arrêta et rougit. Il tient sa guitare, mais il est huit heures du matin, tout le monde est levé dans l'hôtel, il n'ose... il s'éloigne et va s'asseoir au fond du jardin, dans un bocage, où Ludovie le voit entrer.

Tous les matins Ludovie se promène

avec sa gouvernante avant son déjeuner. Quoique Roger soit dans le jardin,
elle ne pense pas devoir rien changer
à ses habitudes; seulement elle ne pré-
viendra point madame de Saint-Sauveur qu'il est *là*, elle se promènera
d'un autre côté.

Ce plan résolu, elle pense que le
sommeil de la gouvernante se prolonge plus que de coutume; elle s'impatiente, regarde cent fois l'heure qu'il
est, et croit sa montre arrêtée, car elle
dit toujours, à quelques minutes près,
la même heure. Enfin, madame de
Saint-Sauveur paraît; Ludovie lui fait
remarquer la beauté du temps, et
presse Henriette de l'habiller. Bientôt
Ludovie et madame de Saint-Sauveur
sont dans le jardin. La gouvernante
s'arrête devant le parterre et se pré-

pare à cueillir des fleurs pour Ludovie
« Pas encore, répond-elle, vous voyez
bien qu'elles seraient fanées avant que
nous rentrions. » C'est aussi l'avis de
madame de Saint-Sauveur, et Ludovie
fait tous ses efforts pour marcher lentement et dans les allées opposées à la
retraite que s'est choisie le page; mais,
soit hasard,... amour, on s'approche
assez du bocage pour distinguer des
sons que le cœur eut bientôt reconnus.
« Qu'est-ce que j'entends? demanda
Ludovie à sa gouvernante, tout en
détournant la tête, car elle sent qu'elle
rougit.

— C'est apparemment un des pages
de M. le duc qui pince de la guitare;
ils sont tous deux musiciens, mais je
crois que M. de Lude a une plus belle
voix que M. de Coucy. Je voudrais

que ce fût lui, nous pourrions le prier
de nous chanter une romance espagnole ; il en sait de charmantes. »

Ludovie aurait eu bien envie de se
fâcher du mauvais goût qu'exprimaient
ces paroles ; par bonheur la gouvernante a nommé M. de Coucy et non
Roger. Cette distinction n'est pas aussi
puérile qu'on le pense : le cœur de
la jeune fille ne parle que de Roger.

Les dames s'avancent vers le bocage, et Roger, qui les voit s'approcher,
se lève et s'incline avec respect. Il
n'ose rester alors qu'elles arrivent ; il
va s'éloigner. « Restez, monsieur, lui
dit mademoiselle de Limours d'une
voix qui ne s'est jamais encore adres-
sée à lui ; restez, je vous en prie. Madame de Saint-Sauveur vient de me
dire qu'elle souhaite vous entendre

chanter une romance espagnole, vous
nous obligerez toutes les deux si vous
vous rendez à ce désir.

— J'avais parlé, dit la gouvernante,
de M. de Lude, que j'ai entendu chanter plusieurs fois des chansons espa-
gnoles ou portugaises; peut-être M. de
Coucy ne chante que les romances
françaises. — Pardonnez-moi, madame, répondit le page, mon ami
m'a appris quelques-unes de celles
que vous avez entendues. Je suis prêt
à vous obéir. — Cela est fort aimable,
monsieur de Coucy, reprend la gouvernante, mademoiselle vous écoutera
sûrement avec indulgence. Asseyez-
vous, mademoiselle, et permettez-moi
de me placer près de vous. »

Ludovie prit sur le banc de gazon
la place qu'avait occupée le page, et vit

avec peine qu'il n'y en avait plus pour
lui. Mais Roger, s'étant mis à genoux,
accorda sa guitare, et fit entendre cette
charmante romance, dont la traduc-
tion suivante n'offre qu'une faible idée.

LA CASCADE.

Romance imitée de Lobo, poète portugais.

Ah! pourquoi de cette hauteur,
Beau cristal, retomber sans cesse
Sur la roche dont la rigueur
Repousse le flot qui la presse?
Le flot se soulève écumant,
Et veut fuir la roche rebelle;
Mais il retombe en murmurant
Pour être encor blessé par elle.

Pourquoi braver son âpreté
Et cette rigueur trop sauvage?
Coule plutôt en liberté
Sur les gazons et sous l'ombrage.

Beau cristal, ton flot orageux
Redeviendra clair et paisible
Si tu t'éloignes de ces lieux,
Où tu poursuis une insensible.

Mais c'est là le secret du cœur.
La raison n'y peut rien sans doute.
J'éprouve trop même douleur
Pour ignorer ce qu'elle coûte.
Comme toi, j'aime sans espoir,
Et, dans mon ardeur insensée,
Malgré moi je cherche à la voir,
Et ne puis changer de pensée.

Ludovie seule comprit ces paroles;
madame de Saint-Sauveur n'entendit
que l'air et la fraîche voix du page, à
qui elle adressa un long compliment;
mais un regard de mademoiselle de
Limours lui dit qu'il a touché son cœur,
c'est tout ce qu'il entend. La jeune fille
le pria gracieusement de quitter son
humble posture. Roger eût souhaité

passer sa vie à ses pieds; il n'ose ni
l'exprimer ni désobéir, il se relève et
va s'éloigner en soupirant de plaisir et
de regret.

Mais Ludovie l'engage à rester dans
le bocage, disant qu'elle va cueillir des
fleurs pour se faire un bouquet. Roger
la supplie de permettre que ce soit lui
qui prenne ce soin; il attend ses ordres. Ludovie ne sait si elle doit lui
en donner, madame de Saint-Sauveur
répond que mademoiselle accepte ce
service, « car, ajoute-t-elle, il fait beaucoup de soleil, surtout vers le parterre. » Roger s'élance en se disant : « C'est
pour elle, je l'ai vue, elle m'a parlé;
ses beaux yeux se sont fixés sur moi...
Qu'elle est belle!... » Sa main cueille
avec choix les fleurs, il les assortit
avec goût, et ne sachant comment at-

tacher son bouquet, il prend le ruban
de sa guitare. Joyeux, léger, il vole
au bocage, ose à peine présenter les
fleurs, qu'il tient d'une main tremblante; c'est à madame de Saint-Sauveur qu'il les offre, et sans attendre
que Ludovie le remercie il s'éloigne et
jette, comme malgré lui, un regard timide vers le bocage. Ludovie sourit,
respire son bouquet, en remarque le
ruban.... Roger, le cœur rempli d'a-
mour et de bonheur, court se renfermer
dans sa chambre pour penser sans dis-
traction à l'heure charmante qui vient
de passer si vite, mais dont le souvenir sera durable.

« Voilà un charmant bouquet, dit
mademoiselle de Limours à sa gouvernante. — Charmant, en effet, répondit
madame de Saint-Sauveur, et je pense

que mademoiselle n'est pas moins contente de celui qui l'a cueilli. Ce qui me
plaît surtout dans ce jeune page, c'est
son respect pour vous ; il sent la distance qui vous sépare. — La distance ! —
Assurément ; la fille unique du duc de
Limours est bien au-dessus, par son
rang et les richesses qui lui sont destinées, d'un page, de noble extraction,
à la vérité, mais sans fortune. C'est un
enfant encore, sans quoi je n'aurais
pas permis qu'il eût l'honneur de vous
occuper un seul instant. M. le duc,
s'il en était informé, me blâmerait
peut-être, et nous éviterons à l'avenir de le rencontrer ; d'ailleurs je lui
ferai défendre de se promener dans le
jardin à l'heure où vous y venez.

— Je ne sais pourquoi vous feriez
cette défense , reprit vivement Ludo-

vie ; il ne nous cherchait pas, c'est nous qui sommes venues le joindre ; s'il a chanté, c'est que vous l'en avez prié ; s'il m'a cueilli des fleurs, c'est que vous l'en avez chargé ; il s'est promptement éloigné, et ne mérite point que pour vous avoir obéi vous lui fassiez donner un ordre aussi dés-obligeant. Il ne peut croire m'avoir offensée, alors il me supposera capri-cieuse et vaine. Je vous prie de ne point m'exposer à me voir accusée de défauts que je n'ai pas. Je vous en prie très-sérieusement, » ajouta Ludovie, qui, se hâtant de remonter chez elle, plaça ses fleurs dans un vase rempli d'eau, après en avoir ôté le ruban, qu'elle renferma avec soin. Pensant alors qu'elle devait en donner un en échange, elle choisit parmi les siens ce-

lui dont la couleur lui plaisait davantage. Rêvant ensuite au moyen de l'offrir, et n'en trouvant pas pour l'instant,
elle se rendit au déjeuner. Il ne fut plus
question ni de la romance ni du page,
mais Ludovie ne les oubliait pas.

Mademoiselle de Limours parut au
dîner ; Roger vit avec transport qu'elle
portait ses fleurs et les respirait souvent. Le duc était encore trop lan-
guissant pour recevoir des étrangers ;
placé entre sa femme et sa fille, il
portait sur elles des regards satisfaits,
lorsqu'il devint extrêmement pâle, et,
penchant sa tête sur ses mains, il dit :
« Ludovie, l'odeur de ton bouquet
me fait mal.—Dieu ! » s'écria-t-elle, et
s'empressant de l'arracher de son côté,
elle le jeta à Raimond de Lude, qui se
trouva près d'elle au moment où Ro-

ger s'avançait pour le recevoir. Raimond sortit pour emporter les fleurs ;
un ordre de Limours empêcha Roger
de le suivre. Que va-t-il faire du bouquet que Ludovie avait porté sur son
cœur ? Roger est presque au désespoir.

Raimond, un peu plus âgé que Roger,
l'aime tendrement et en est aimé. Plus
vif, plus entreprenant que son ami,
il n'en est pas, comme lui, aux premiers
soupirs d'un cœur innocent et timide.
Il ne croit point aux éternelles passions. C'est un vrai page dans toute
l'espiéglerie du nom , dans sa franchise et dans sa bravoure. Roger, qui
connaît son amitié pour lui , et malgré
une sorte de honte, ose lui demander,
en rougissant, ce qu'il a fait du bouquet
de mademoiselle de Limours. « En
vérité, je n'en sais rien , lui répondit

avec gaîté son ami ; quel intérêt peux-
tu prendre à des roses flétries ? » Roger
eut peine à retenir quelques larmes ;
elles partaient du cœur, brillèrent au
bord de sa timide paupière, et Raimond
sut à l'instant le secret de son ami. Il
en fut alarmé, sentit tout le malheur
qui pouvait en résulter pour Roger, et
même pour mademoiselle de Limours,
et résolut de les sauver tous deux du
piége que leur tendait l'amour. Prenant un air sérieux que Roger n'avait
jamais aperçu sur sa figure spirituelle,
maligne et enjouée, il lui dit en lui
tendant la main : « Crois-tu à ma sincère
amitié ?—Comme à la mienne pour toi,
répondit le triste page. D'où vient cette
question et cette physionomie dont l'expression est si différente de celle qui y
brille toujours ? — De ma tendresse

pour toi et des alarmes qu'elle m'inspire. — Explique-toi. — Volontiers. Cher Roger, ajouta Raimond, je lis dans ton cœur, et j'y lis avec effroi ; tu oses aimer mademoiselle de Limours, et peut-être elle-même est sensible à cette passion insensée. Cadet d'une illustre famille, sans fortune, simple page, songe à tout ce qui te sépare de la fille unique du duc de Limours. Ton état, ton âge même, les immenses richesses de Ludovie, sont des obstacles insurmontables, et le caractère du duc en a fixé de plus insurmontables encore. Impérieux, ambitieux et vain, il aspire sans doute pour sa fille aux plus hautes destinées. Tu aimes, et, supposant même que tu sois aimé, quelle est ton espérance ? — Je n'en ai conçu aucune, répondit le tremblant Roger ; si j'aime, c'est sans le savoir ; si je suis aimé, je l'ignore. Je n'ai pas un moment réfléchi sur le charme qui m'a ravi à moi-même ; je n'ai rien désiré, rien espéré, je ne désire ni n'espère rien encore ; pourquoi veux-tu tourmenter mon cœur, et m'offrir à la fois la décevante pensée de plaire à Ludovie et l'idée désespérante de contribuer à son malheur ?

— Parce que l'amitié m'en fait un devoir, répondit Raimond ; et que j'ose entrevoir pour toi un moyen d'obtenir un jour la belle main après laquelle ton âme soupire.. — Un moyen ! quel est-il ? s'écria impétueusement Roger. — Le seul qui te convienne. C'est de partir pour l'armée, de t'y distinguer de manière à flatter l'orgueil de Limours. Il ne peut accorder sa fille

à son page, mais il ne la refusera pas
à M. de Coucy couvert de gloire. Partons ensemble, mon ami; je serai ton
frère d'armes, nous parlerons de Ludovie; son image et son nom nous con-
duiront vers la gloire. » Les deux amis
s'embrassèrent tendrement, et le projet de Raimond fut adopté par Roger.

Cependant Raimond, jeune, éveillé
comme un page, mais éclairé à un certain point par son cœur sur les dangers que courait Roger, lui en avait,
sans le savoir, préparé un plus dangereux encore, car il était plus séduisant.
Il avait fait luire aux yeux passionnés
du jeune amant l'espoir d'être aimé.
C'est là ce qui a frappé le plus vivement le tendre Roger, ce qui fait luire
à ses yeux une pensée trop brillante de
bonheur pour qu'il ne l'ait pas saisie.

« Qu'importe, se dit-il, un père or-
gueilleux? si Ludovie m'aime, **comme**
ses beaux yeux, son sourire et **sa** rou-
geur, que je n'osais interpréter, sem-
blaient le dire à un amant trop timide
pour entendre leur doux langage, elle
résistera au vain prestige des gran-
deurs ; je renoncerais pour elle à tous
les biens de la terre ; elle partagera
mon désintéressement si elle partage
mon amour. »

Dans cet heureux délire le page voit
s'écouler et fuir le jour. Dès que la
nuit étend ses voiles favorables au mystère, sans chercher dans le sommeil
l'oubli d'une existence qu'il borne à
aimer, à sentir qu'il aime, il vole au
jardin. Il a oublié sa guitare, et son
cœur bat trop vivement pour qu'il
puisse chanter. Roger n'est plus le

jeune page qui chante pour amuser mademoiselle de Limours, dont un sourire le récompense; c'est un amant aimé peut-être, c'est un guerrier qui va combattre et vaincre pour mériter l'objet qu'il adore.

Ludovie n'a pas fait tant de progrès; elle joue encore avec l'Amour, et ne raisonne pas ce qu'elle sent. Les impressions qu'elle reçoit sont innocentes, ses pensées suivent un cours naturel, qui l'entraîne vers un but dont elle est loin de connaître le danger. A l'heure des nocturnes concerts elle est déjà sur la terrasse. Le ciel parsemé d'étoiles lui fait découvrir Roger qui se promène à pas lents, et craint que le bruit de ses pas ne le trahisse. Roger était moins timide quand son cœur était plus innocent, il n'était

alors qu'un page amusant une jeune
fille.... Quelle différence a établi dans
son âme le plus bel espoir ! Il entend
s'ouvrir la fenêtre de Ludovie et va
tomber à genoux au pied de la terrasse ; une petite boîte lancée par Ludovie s'arrête devant lui, il la ramasse
avec vivacité, la presse sur son cœur,
la couvre de baisers. Ludovie a cru
ne faire qu'une action toute simple,
les mouvemens passionnés du page la
troublent ; elle craint d'avoir manqué
à ses devoirs, et, comme pour réparer
sa faute, elle rentre promptement chez
elle.

Ayant vu disparaître Ludovie, Roger court à sa chambre pour ouvrir la
boîte qu'il a reçue. Elle ne renferme
qu'un ruban... Qu'un ruban !... amour,
ce n'est pas toi qui parles ainsi ; un ru-

ban donné parce qu'on aime est un trésor. Quelques mots sont écrits : *Ruban*
pour remplacer celui de votre guitare;
cette ligne n'a rien d'extraordinaire,
mais elle est écrite par elle et pour lui.

« Heureuse guitare! pensa Roger en
nouant ce beau ruban, tu es parée de
ses dons.... Ruban qu'elle a touché.....
porté peut-être... ne vous détachez jamais de cet instrument dont je ne joue-
rai désormais que pour elle, ou en son-
geant à elle ; et, toi charmant écrit,
viens sur mon cœur et ne t'en éloigne
pas! »

Roger redit cent fois les mêmes paroles ou d'autres qui se ressemblaient et
n'en valaient pas mieux. L'amour n'est
éloquent que pour l'amour.

Ludovie parlait moins et réfléchissait davantage. Sa démarche l'alarme;

elle sent qu'elle a eu tort, car elle n'o-
serait dire à sa mère qu'elle a donné
un ruban à Roger, qu'elle lui a écrit.
Lorsqu'elle le revoit, elle sent son
cœur palpiter ; elle rougit, détourne
les yeux. Son trouble n'échappe point
à Raimond, qui l'observe avec ména-
gement ; il voit aussi que Roger a l'air
plus heureux, plus fier. Ces découver-
tes l'affligent. « Aimables imprudens,
pensa-t-il, je vous sauverai malgré
vous ! »

CHAPITRE V.

———

LE jour où la duchesse de la Vallière doit consommer son sacrifice est fixé. On ne parle chez Limours que de cette grande et sainte action. Les uns vantent le repentir de madame de la Vallière, les autres ne voient dans son sacrifice que la douleur de n'être plus aimée; quelques-uns, l'envie de faire encore de l'éclat. Le duc pense diversement, car il dit qu'après avoir aimé son roi on ne peut plus aimer que son Dieu; il se promet d'aller aux Carmélites, et dit à Blanche qu'elle

l'accompagnera ainsi que Ludovie.
La jeune fille, dont le cœur a déjà
parlé sans qu'elle ait entièrement compris son langage, mais qui a perdu de
sa primitive ignorance des passions,
ressent un vif intérêt pour la duchesse
de la Vallière ; elle s'émeut à l'idée de
la voir et d'assister à la prononciation
de ses vœux. Cette éternelle sépara-
tion du monde, où elle a brillé de la
splendeur que l'amour d'un souverain
répandait sur sa destinée, frappe la
vive imagination de Ludovie. Cependant il est mille choses qu'elle ne
peut s'expliquer. Elle voudrait tenir ces éclaircissemens de sa mère ;
mais elle redoute de se confier à elle,
parce qu'elle a quelque chose à lui
cacher. Deux cœurs, quoique également
ment bons et aimans, sont bien éloi-

gnés l'un de l'autre lorsqu'un secret les sépare.

Blanche, malgré ses vertus, avait un tort réel, celui de ne point user des droits d'une mère. Pour l'excuser, il faut se souvenir que, mariéc à quinze ans à un homme qu'elle adorait, convaincue que les devoirs d'une épouse sont dans l'obéissance, ayant un fonds inépuisable de douceur dont un despote a sans cesse abusé, elle joint la raison qui prévoit à un abattement de caractère qui ne lui permet aucune résistance. Sa candeur, sa vie pure et retirée ne lui ont point donné la triste expérience qui soupçonne et se défie. Sévère pour elle seule, indulgente pour les autres, elle n'accuse jamais, et lorsqu'elle ne peut douter d'une mauvaise action, elle plaint le coupable, parce qu'elle sent combien elle serait malheureuse si elle avait quelque chose à se reprocher.

Le jour solennel est enfin levé ; ce jour qui va enchaîner aux pieds des autels une nouvelle Madeleine. L'église des Carmélites est remplie d'une foule attendrie. C'était un touchant spectacle que celui de cette belle pénitente abjurant toutes les erreurs de sa vie passée. A genoux, courageuse, mais émue, son visage encore charmant portait l'empreinte des sentimens de son âme. On voyait que la religion l'emportait sur l'amour, mais que l'amour aurait voulu lui résister encore. On admirait la pieuse Reine, oubliant tout les chagrins que la duchesse de La Vallière lui avait causés, pour ne plus songer qu'à son repentir, donner le voile à

sa rivale, l'embrasser, et verser des larmes en la bénissant.

Ludovie, placée près de la grille du
chœur, regardait avec émotion cet
édifiant tableau. La religieuse l'intéressait, la Reine obtenait son respect.
Un profond recueillement régnait dans
l'assemblée; qui eût voulu le troubler?
Bossuet parlait!..... On entendit prononcer enfin les vœux éternels. Il n'est
plus de duchesse de La Vallière, elle
a renoncé à ses titres, à l'opulence,
au monde, aux honneurs. Elle a fait
de bien plus grands sacrifices; elle a
renoncé à ses enfans.... La duchesse
n'existe plus, et la sœur *Louise de la
Miséricorde*, qui la remplace, n'est
qu'une pauvre carmélite. Ludovie ne
sent pas encore tout ce que doit souffrir l'amante et la mère, mais elle n'est

pas ignorante des agrémens du monde
ni de l'austérité des cloîtres. Elle se
souvient que son père l'avait destinée
à cette vie d'abnégation; que c'était
en faveur d'un neveu qu'il voulait im-
moler sa fille, et voue à celui qu'elle
n'a jamais vu autant de haine que le
cœur d'une jeune fille de quatorze ans
peut en renfermer.

En revenant à l'hôtel de Limours
Ludovie est rêveuse; son père, que la
cérémonie a fatigué, garde le silence,
et Blanche le voyant souffrir en est entièrement occupée. Le retour est sérieux, et Ludovie se trouve sans regret
rendue à la solitude. Là, cherchant à
démêler ses pensées et s'égarant parmi
ce qu'elle sent, ce qu'elle cherche à
comprendre, ce qu'elle sait, ce qu'elle
ignore, elle voit arriver l'heure du

dîner, qui l'enlève à ses sombres pensées, et elle se trouve avec madame de
Maintenon, qu'elle n'a point encore
vue. Chargée d'élever les enfans du Roi
et de madame de Montespan, concen-
trée dans ses devoirs, cette femme, que
Louis XIV pendant long - temps ne
pouvait souffrir, devait un jour obtenir le titre d'épouse de son souverain.
Ludovie la trouva aimable, belle,
bonne, et négligée dans sa parure. A ce
dîner le duc avait réuni mesdames de
Richelieu, de Montespan, de Cou-
langes, la maréchale d'Albret, mesdames de Villarceaux et de Monche-
vreuil; en hommes, le comte de Gui-
che, revenu enfin de son exil; le
comte de La Feuillade, le maréchal de
Bellefonds, le duc de Beuvron, le duc
de Brancas, et autres seigneurs. L'en-

tretien roula sur la cérémonie du matin. Madame de Montespan était triom-
phante, et le maréchal de Bellefonds
jouissait de voir celle qu'il estimait
malgré ses fautes, à l'abri des orages
du cœur, et affranchie de ces chaînes
dorées dont depuis long-temps elle ne
connaissait que le poids. Son aimable
ami Benserade, qui la regrettait vivement, admirait en secret La Vallière ;
mais personne n'osait s'exprimer devant la favorite, qui jouissait de la ré-
clusion de celle dont elle était devenue la rivale heureuse, mais dont
jusqu'à ce jour elle avait redouté l'as-
cendant sur le cœur du Roi. Cependant
elle avait assez de connaissance des
personnes de la cour, assez de finesse
et de tact pour sentir qu'elle ne devait
point devant les amis de la carmélite

témoigner sa satisfaction; elle se tint sur la réserve, et personne ne put trouver qu'elle insultait à sa rivale. On n'osa pas non plus exprimer des regrets, dont elle eût été offensée. L'entretien fut sans abandon, sans confiance; la soirée parut froide et languissante. La favorite n'était point, comme elle avait l'habitude de l'être, le seul objet sur lequel tous les sentimens se réunissaient. Elle voyait, à la tristesse contrainte d'une partie de l'assemblée, que les cœurs suivaient la sœur Louise de la Miséricorde au fond de son étroite cellule, et en éprouva du dépit. Ayant appelé Ludovie près d'elle, madame de Montespan chercha un sujet d'entretien qui ne ramenât plus le nom et l'image de sa rivale, mais elle en était trop occupée pour en bannir entière-

ment l'idée, et son premier mot à Ludovie fut Fontevrault. S'étant informée
si mademoiselle de Limours avait reçu
des nouvelles de sa sœur, sur la réponse
affirmative elle dit avec réflexion :
« Ma sœur est plus heureuse dans l'état
où le ciel l'a appelée que nous ne le
sommes dans le monde. L'injustice de
la société, les mécomptes, l'agitation,
font payer cher quelques jouissances
passagères. Ne regrettez - vous point
souvent, ajouta la marquise, le cloître
où vous fûtes élevée, et auquel vous
étiez destinée ? — Non assurément, madame, répondit Ludovie en souriant.
— Non ? reprit la favorite... eh bien !
cela viendra ; souvenez-vous alors que
je vous l'ai prédit. — Je n'en crois
rien, » pensait en elle-même la jeune
fille, qui n'osa pourtant insister, sur-

tout ayant remarqué que madame de Montespan n'avait pu retenir un soupir. Ludovie la regardait avec surprise, mais après avoir rêvé quelques momens la marquise se reva, prit congé de la duchesse et sortit avec madame de Maintenon.

« Elle n'est pas heureuse, se dit mademoiselle de Limours ; aimée du plus grand des rois , entourée d'hommages, volant de fêtes en fêtes; belle , aimable, admirée, que faut-il donc pour être heureux? Elle aime, elle est aimée; pourtant elle soupire et semble envier la pauvre carmélite! » Cette pensée étonnait le cœur de Ludovie, car dans ce moment c'était son cœur qu'elle consultait. Ces réflexions la suivirent jusqu'auprès de madame de Saint-Sauveur, qui s'aperçut dès le

premier coup d'œil qu'elle jeta sur son
élève, qu'un léger nuage de tristesse
obscurcissait son front.

Jusqu'à ce moment la gouvernante
était parvenue à amuser quelquefois
mademoiselle de Limours, elle lui
plaisait par sa complaisance et en flattant sa vanité. Ce n'était point encore
là tout ce qu'elle voulait obtenir de
son élève ; elle aspirait à une entière
confiance, le temps viendrait où cette
confiance serait importante. Ludovie
annonçait une âme ardente ; son imagination vive recevait fortement les
impressions que ses lectures et les récits dangereux de madame de Saint-
Sauveur y faisaient naître. Après avoir
laissé quelque temps Ludovie s'abandonner à la rêverie, elle lui dit d'un
ton caressant : « Vous êtes bien triste

ce soir, mademoiselle ; est-il permis à
celle qui vous est si tendrement attachée, de vous demander la cause d'une
mélancolie aussi éloignée de votre caractère que de votre âge? »

Cette question troubla d'abord Ludovie. Elle pensait à tant de choses à
la fois, qu'elle n'aurait pu en démêler
une; elle rougit et hésita à répondre.
Après avoir réfléchi quelques momens :
« La cérémonie de ce matin m'a fort
touchée, dit-elle; j'ai vu avec attendrissement cette pénitente dont l'aspect a tant de charmes, dont on vante
la sensibilité et le repentir... Je ne
conçois pas encore de quoi elle se ré-
pent. — Elle se repent d'avoir été la
maîtresse du Roi. — Je ne sais ce que
c'est que d'être la maîtresse d'un roi.—
C'est, mademoiselle, d'en être adorée;

c'est de voir à ses pieds celui devant qui tout est soumis; de régner sous son nom; de partager sa puissance et sa gloire. — Mais, pourquoi mademoiselle de La Vallière était-elle honteuse de ce sort brillant? — Cela tient à l'éducation qu'elle a reçue, à des préjugés d'enfance qu'elle n'a pas longtemps conservés. Voyez madame de Montespan jouir avec orgueil des biens que sa rivale acceptait en pleurant, et croyez que son éclatante retraite aux Carmélites tient plutôt au regret de n'être plus aimée, qu'au repentir d'avoir aimé. Aimer est un besoin du cœur, il naît avec nous, triomphe de notre résistance; vous l'apprendrez un jour, et vous sentirez que le moment où l'on aime, où l'on est aimé, est le seul moment heureux de la vie. » Ces paroles firent rougir mademoiselle de Limours; elle crut entrevoir dans un ciel serein la jolie figure du page; elle baissa les yeux et se tut.

« A Fontevrault, reprit Ludovie après un assez long silence, on ne parlait jamais d'amour; seulement, comme plusieurs de nos compagnes sortaient du couvent pour se marier, nous pensions toutes que l'on n'aimait que quand on se mariait, qu'ensuite on aimait pour toujours. Depuis que je suis chez mon père, tout ce j'entends, tout ce que je lis me présente l'amour et le mariage sous des aspects bien différens.

— Le mariage, mademoiselle, reprit la dangereuse gouvernante, ne peut être heureux que par ce sentiment, qui rend ses chaînes légères ; et cependant une union qui pour être fortunée exige l'union des cœurs, est presque toujours formée par l'intérêt et l'ambition, surtout chez les grands. Par exemple, dans le haut rang où vous placent votre naissance et votre fortune, ces convenances seules seront consultées. Peut-être ne connaîtrez-vous point encore celui auquel vous appartiendrez pour toujours, que déjà votre main sera accordée. — Mais, répondit Ludovie avec vivacité, je pourrai au moins refuser de souscrire à un engagement pris sans mon aveu? Peut-être....... j'en préférerai un autre, et alors... » Ludovie n'acheva point cette phrase. « Alors, dit la gouvernante, votre refus serait inutile, et votre préférence un malheur de plus. Le choix d'une jeune personne sans expérience

est rarement celui qu'eût fait un père
ambitieux, intéressé. Il a pour lui l'autorité parternelle, les lois, la raison ; il
faut lui obéir, et l'on conserve au fond
du cœur une image qui en trouble à jamais le repos. — Madame de Montespan disait bien vrai, pensa avec dépit
Ludovie, mon cloître valait mieux que
le monde ; je n'y voyais aucun objet qui
pût séduire mon cœur, et je ne pouvais
craindre d'être unie à celui que je
n'aurais jamais vu et qui, j'en suis
sûre, ne me plairait jamais. Mon âme
se révolte contre cet esclavage. »

Madame de Saint-Sauveur voyait
briller dans les yeux de Ludovie l'agitation et la fierté dont elle était animée,
et observait en silence l'orage qu'elle
avait élevé dans ce cœur dont elle
voulait disposer à son gré et selon

qu'il lui serait avantageux. L'heure du repos interrompit leur entretien, mais non le trouble de Ludovie. Attendrie, alarmée, confuse de son émotion, elle ne peut se dire pourquoi elle craint, pourquoi elle soupire, et appelle à son secours le bienfaisant sommeil, se flattant néanmoins qu'une voix chérie viendra l'interrompre.

Les jours s'écoulaient pour les jeunes amans dans l'attente du soir ou dans l'espérance d'échanger quelques regards lorsqu'ils pouvaient se rencontrer, et personne, hors Raimond, ne se doutait de cet amour discret et tendre. Mais ils allaient perdre une grande partie de leur bonheur. L'automne avait déjà privé de ses fleurs le parterre de Ludovie. Le feuillage desséché tombait sur le gazon et n'offrait

plus à Roger son abri mystérieux. Les
nuits devenaient froides. Bientôt il
fallut renoncer à écouter de la terrasse,
à chanter du jardin; il fallut rester
tristement renfermés loin l'un de
l'autre.

Limours supportait toujours avec
peine la mauvaise saison; et souvent
Ludovie n'avait pas d'autre société
que celle de madame de Saint-Sauveur, ni d'autres distractions que les
lectures; l'ennui la rapprochait de sa
gouvernante, qu'elle n'aimait pas,
mais qui savait l'intéresser par ses récits et l'amuser. L'habitude la lui rendait nécessaire. Insensiblement Ludovie lui accordait plus de confiance, et
si l'hiver eût duré plus long-temps,
peut-être le besoin de parler de celui
qu'elle voyait rarement et n'entendait

plus chanter, l'eût entraînée à **une con-**
fidence entière; mais le printemps revint, le secret resta au fond du cœur,
et la guitare se fit entendre.

~~~~~~~~~~~~~~~~~~~~~~~~~~~~~~~~~~~~~

CHAPITRE VI.

Henri de Nougaret, après une action d'éclat pendant laquelle il avait reçu plusieurs blessures, dont heureusement aucune n'était mortelle, venait d'être fait colonel. Comme il se trouvait loin encore de pouvoir porter les armes, le duc avait obtenu un congé pour son neveu, et lui avait écrit de venir habiter son hôtel aussitôt que ses blessures lui permettraient de voyager. Henri devait arriver sous peu de jours; le duc, qui craignait de perdre en lui un des êtres pour les-

quels il avait le plus d'estime et d'a-
mitié, transporté de joie à ces heureu-
ses nouvelles, s'empressa de les annoncer à sa femme et à sa fille, et de faire
préparer pour Henri un appartement
qu'il meubla avec magnificence. Tous
ceux à qui il fit part de l'arrivée
d'Henri félicitèrent le duc, non-seulement du bonheur qu'il allait éprouver
en embrassant le jeune guerrier, mais
de la conduite héroïque et des vertus
de ce neveu si justement cher à son
oncle. Blanche, si digne d'apprécier
le mérite d'Henri, parlait de lui avec
tendresse; Ludovie seule se taisait.....
elle ne le connaissait point et n'avait
rien à en dire; elle se sentait d'ailleurs
intérieurement jalouse de la tendresse
que ses parens exprimaient pour un
autre que pour elle.

La nouvelle de l'arrivée d'Henri
s'était promptement répandue dans
l'hôtel. Raimond avait entendu parler
du projet que l'on supposait au duc
d'unir son neveu à sa fille. Craignant
que le bruit de ce mariage ne parvînt
jusqu'à Roger et que le désespoir ne lui
fit commettre quelque imprudence, il
se rendit le soir près de lui, et l'ayant
entraîné dans le jardin il lui rappela
d'abord la promesse qu'ils s'étaient faite
de demander du service dès l'ouver-
ture de la campagne. « Vois, disait-il
à Roger, le sort brillant d'Henri de
Nougaret. Parti à ton âge et simple
sous-lieutenant, il revient colonel,
blessé à la vérité, mais qui ne voudrait
l'être au même prix ? Chaque jour que
nous restons dans cet hôtel est perdu
pour notre avancement, même pour

ton amour. Il faut parler au duc ; il faut partir et te rendre digne des regrets de celle que tu oses aimer.

— Oui, répondit Roger avec feu, oui, je l'ai promis, je me suis promis à moi-même de marcher avec toi contre les ennemis ; je suis prêt, un seul désir me retient encore ; une fois satisfait, rien n'arrêtera plus mes pas. M'éloigner sans avoir fait connaître l'amour qui ne s'éteindra jamais dans mon cœur ! sans savoir si je suis aimé ! c'est au-dessus de mon courage ! Un mot, un seul regard qui me donne l'espérance, et je marche avec transport. »

Raimond ignore comment Roger pourra entretenir Ludovie. Il lui fait quelques représentations sur le danger d'une imprudence qui retomberait sur mademoiselle de Limours ; il désire en secret le déterminer à partir avant l'arrivée de celui qui va peut-être devenir son rival; mais Roger est ferme et décidé, seulement il jure à son ami de ne pas prolonger long-temps ce retard.

Le léger Raimond est satisfait. Il ne doute point que Ludovie, au sein du luxe, des plaisirs qui vont se réunir autour d'elle, n'ait bientôt oublié le page qu'elle a entendu chanter. Il est certain qu'entraîné par l'ardeur et la gloire, Roger perdra bientôt le souvenir d'une passion naissante et sans espoir, et se borne à recommander à son ami d'être prudent et de se hâter de partir.

Cet entretien avait duré une partie de la nuit. Ludovie, agitée de ces tristes pressentimens que l'amour in-

spire quelquefois, s'était assise sur sa
terrasse, malgré le temps peu favorable ; le vent soufflait avec force ; elle ne
s'en apercevait pas, et ses yeux se
mouillaient de pleurs sans qu'elle eût
pu leur assigner d'autre cause que le
désir d'entendre chanter Roger et
l'impatience qui suit une longue et inutile attente. Les heures s'écoulaient
et tout restait dans le silence ; l'aurore
allait se lever, et Ludovie accusait intérieurement le page. « Il m'oublie, se
disait-elle,... m'oublier quand je pense
à lui !..... Rentrons.... voilà bientôt le
jour. Plus d'espoir !.... » Elle soupire
et va s'éloigner ; mais son cœur palpite... ; elle a vu de loin Roger et Raimond... Raimond tient le bras de son
ami et parle avec feu ; Roger est acca-
blé de tristesse, son regard s'élève vers

le ciel et retombe vers la terre. Ludovie croit apercevoir quelques larmes....; mais elle ne veut pas être
vue de Raimond, et se retire en disant : « Roger,... pauvre Roger, sois
heureux ! »

Roger, pâle et triste, occupe vivement sa pensée. « Que peuvent être
ses chagrins? Il est sans fortune, m'a
dit madame de Saint-Sauveur; mais
mon père, qui l'aime, a des richesses;...
il est si flatteur de donner, si beau
d'être généreux! Mais on est humilié
de recevoir, et peut-être M. de Coucy
rejetterait les dons de mon père. »

C'était la première fois que Ludovic
nommait le page du nom de Coucy.
Il lui semblait que ce grand nom le
vengeait de l'infortune, lui rendait sa
dignité, et peut-être le rapprochait

d'elle. Quelques jours s'écoulèrent encore, et Roger ne chantait plus. Il
était si triste, si malheureux! Ludovie
voyait lorsqu'elle était à table sa pâleur, son abattement;... elle soupirait.
Son père ne songeait qu'à la prochaine
arrivée d'Henri, dont les blessures
avaient ralenti la marche. Quand on
en parlait au dîner Roger écoutait,
devenait tremblant, et quelquefois s'é-
loignait comme pour dérober ses larmes. Ludovie s'apercevait de sa douleur, elle en était touchée. « Il n'aime
pas mon cousin, pensait-elle; apparemment il ne mérite pas d'être aimé,
car Roger est bon, j'en suis sûre. Cependant ma mère en dit du bien; mon
père le chérit; tout le monde en fait
l'éloge... » La jeune fille restait pensive,
son cœur s'agitait; Roger reparaissait,

elle cherchait à interroger ses regards, mais il tenait ses grands yeux baissés. Jamais il n'avait autant occupé l'imagination de Ludovie, jamais il n'avait autant ému son âme.

Une dernière lettre d'Henri annonce qu'il arrive dans deux jours; le duc est transporté de joie. Roger paraît plus triste encore; du moins Ludovie croit s'en apercevoir. « Roger n'aime pas mon cousin, cela ne me dispose pas à l'aimer; je crois bien que je ne l'aimerai jamais. Mon père longtemps l'a préféré à moi, peut-être le préférera-t-il encore. Pourquoi vient-il reprendre sur le cœur du duc un empire auquel il n'a aucun droit, et affliger Roger, qui chantait si bien et avait l'air si heureux avant qu'il vînt nous causer des peines ? »

~~~~~~

CHAPITRE VII.

———

Roger réfléchissait tristement sur sa
position; sa raison adoptait les conseils
de Raimond, son cœur les rejetait. In-
certain, désolé, il ne pouvait que gémir
et aimer. Partir?... il le faut, il le veut;
tout l'ordonne, l'amour lui-même, et l'a-
mour encore s'y oppose. A laquelle de
ses volontés si contraires doit-il obéir?
du moins s'il pouvait une fois, une seule
fois entretenir Ludovie, lui peindre l'é-
tat de son cœur, savoir d'elle ce qu'il
peut espérer ou craindre, la consulter,
lui dire qu'il va combattre pour elle;

avéc combien d'ardeur il marcherait
sur les traces des héros! Mais s'éloigner
sans que mademoiselle de Limours
ait entendu l'aveu d'une passion qu'il
sent ne devoir jamais s'éteindre. Après
avoir passé une grande partie du jour
dans une continuelle rêverie, Roger
se détermine à recourir encore à des
chants, jusque là seuls interprètes de
son amour. Raimond, que sa douleur
afflige et que son sort alarme, n'ose le
laisser plus long-temps à lui-même, et
vient encore le rappeler à ses devoirs.
A la voix de ce jeune, mais sage ami,
l'espoir fuyait de l'âme de Roger; la
riante perspective qu'il s'était tracée
se couvrait d'un sombre nuage. Il s'é-
tait flatté peut-être vainement que Ludovie fût sensible à son amour; son
attention à l'écouter, ses regards si ex-

pressifs, ce ruban, cette ligne écrite de sa main l'avaient peut-être abusé. « Espérons, dit-il impétueusement, du moins j'aurai rêvé le bonheur! » A ces mots, il prend sa guitare, couvre de baisers le ruban de Ludovie et se rend dans le jardin en suppliant son ami de ne pas le suivre. « C'est pour la dernière fois, lui dit-il en versant des pleurs, que mes faibles accens s'élèveront jusqu'à elle; laisse-moi pour cette nuit m'abandonner encore à des illusions auxquelles il faudra trop tôt m'arracher. »

Raimond laissa partir Roger, mais une secrète inquiétude attristait son cœur; la voix de l'amitié semblait lui dire : « Ne t'éloigne pas de lui, il va se perdre, cours le sauver. » Cette voix ne se fit pas entendre en vain, Rai-

mond, par les allées que ne suivait pas
son ami, marcha doucement et se tint
derrière le bocage où Roger accordait timidement sa guitare. La lune
jetait sur la fenêtre de Ludovie un in-
discret éclat. Aux premiers accords de
la guitare, mademoiselle de Limours,
qui les regrettait depuis si long-temps,
surprise, charmée, s'élance vivement
sur la terrasse, et cherche des yeux
Roger sous l'ombrage naissant qui le
dérobait aux regards de tout autre
lieu que de celui où elle s'est placée.
Ludovie lui sourit, et Roger fait entendre ces chants d'amour.

LE DÉPART

LE DÉPART.

ROMANCE.

On est imprudent à mon âge,
Et l'amour séduit la candeur;
Est - ce à moi d'offrir mon hommage
A celle qui charme mon cœur?
Sans y penser, et de lui-même,
Ce cœur s'est donné sans détours,
Il ignorait encor qu'il aime,
Il aimait déjà pour toujours!

Je sais enfin que je l'adore.
C'est pour la vie, il n'est plus temps,
Et la raison, qu'en vain j'implore,
Ne fait qu'accroître mes tourmens.
J'entends cette voix importune
Me répéter : « Penses-y bien,
Elle a duché, rang et fortune,
Pauvre malheureux..... tu n'as rien. »

J'ai le courage et la naissance,
Je puis trouver aux champs d'honneur
Le prix heureux de la vaillance;
J'y vais courir avec ardeur :

Et couronné par la victoire,
J'oserai lui dire au retour :
« L'amour a fait tout pour la gloire,
La gloire attend tout de l'amour. »

Roger finissait d'une voix attendrie
ces derniers vers, lorsque Raimond
entr'ouvrant tout-à-coup les bran-
chages, s'approche et lui dit : « Tout
est perdu ; le duc est dans le jardin.—
Ciel ! que faire ? — Nous retirer ensemble et sans chercher à l'éviter. —
Crois-tu qu'il ait vu mademoiselle de
Limours ? — Sortons de ce lieu et sui-
vons le chemin qui mène au pavillon ;
parlons de la guerre, et n'ayons pas
l'air de craindre sa rencontre. — Parler de la guerre, ne pas craindre,
quand j'ai peut-être attiré son courroux
sur..... — Il n'est plus temps d'en faire
la réflexion, suis-moi. » Et Raimond

l'entraîne en parlant avec feu du triomphe de Louis XIV, du désir qu'il a de
combattre, et élève en vain la voix.
Roger, que sa douleur absorbe, ne
peut ni l'écouter, ni lui répondre; ils
font le tour du jardin; le duc n'a
point paru à leurs regards. Roger se
flatte que Raimond s'est trompé; mais
son ami l'assure qu'il a vu le duc marcher lentement et s'arrêter pour entendre le dernier couplet de sa romance.

En effet, le duc s'étant trouvé mal
dans la nuit, avait espéré que la fraî-
cheur de l'air soulagerait l'étouffement
qu'il éprouvait. Après s'être promené
à pas lents, il se rapprochait de son hôtel, lorsqu'il crut entendre chanter du
côté opposé où il avait porté ses pas:
étonné d'abord, il s'arrêta pour écou-

ter; mais la voix de Roger, affaiblie par sa vive émotion, ne permit pas à Limours de la reconnaître, ni de distinguer les paroles qu'il adressait à Ludovie; il resta quelque temps immobile cherchant du regard le musicien, et s'avança ensuite vers le lieu d'où partaient les chants; alors il aperçut Roger et Raimond se donnant le bras en s'éloignant. Par malheur il vit aussi Ludovie qui ne s'était point encore retirée. La lune éclairait ce beau visage, sur lequel l'attendrissement était trop bien exprimé pour échapper à l'œil observateur d'un père.

Que d'émotions agitèrent à la fois l'âme de Limours! Le soupçon, la colère, le doute, l'orgueil offensé! De simples pages osaient chanter la nuit sous les fenêtres de sa fille! de sa fille

qui s'abaissait jusqu'à les écouter avec
intérêt! « C'est ainsi, pensa le duc,
que madame de Saint-Sauveur sur-
veille le trésor que j'ai confié à ses
soins. Mais rentrons; je ne veux pas
que Ludovic m'aperçoive. Allons réfléchir sur la conduite que je dois
tenir envers elle et ces deux témé-
raires. »

Rendu dans son appartement, Limours se livre à une foule de pensées
diverses; il ne peut croire que d'aussi
jeunes gens aient eu l'intention, encore
moins l'espoir de toucher le cœur de
sa fille. Il ne peut penser surtout que
mademoiselle de Limours ait distingué
aucun des deux. « C'est de part et
d'autre un amusement plein d'innocence, se dit-il en se calmant; me
plaindre serait y donner de la valeur;

feignons de n'avoir rien vu, rien remarqué; contentons-nous d'éloigner
Raimond et Roger; ils étaient ensemble, ce qui prouve que je ne dois attacher qu'une légère importance à cette
étourderie, que leur âge excuse. Néanmoins je ne veux point qu'une pareille
sérénade se renouvelle, et le meilleur
moyen pour m'y opposer sans éclat,
c'est de les faire partir pour l'armée.
Depuis long-temps l'oncle de Raimond
me prie de placer son neveu au service.
Couci dépend entièrement de moi;
son âge m'a seul empêché de lui faire
commencer plus tôt le métier des armes; mais il est temps. Je vais écrire
à mon ami le maréchal de Créqui, et
lui envoyer ces deux gentilshommes;
je sais qu'il les accueillera avec bonté,
les incorporera sur-le-champ dans

l'armée. » Plus le duc médite ce projet, plus il le trouve convenable. Bientôt il brûle de l'exécuter. A l'instant
même, et malgré l'heure matinale, il
mande son fidèle écuyer, dont il connaît le dévouement et la bravoure.
M. Ménil se présente, et le duc lui
adresse ainsi la parole : « Mon vaillant
ami, je viens encore réclamer vos ser-
vices, et pour peu de temps vous éloigner de moi ; je regrette de n'avoir pas
déjà fait commencer à MM. de Lude
et de Couci la carrière où les appelle
leur naissance. La rapidité des conquêtes du Roi amènera la paix, et je
me reprocherais d'attendre cette époque, qui les priverait de se distinguer.
Je vous prie donc, vous qui m'avez si
bien secondé dans les combats, de
conduire vous-même Raimond et Ro-

gér jusqu'au camp ; de les présenter
au maréchal de Créqui, auquel je vais
écrire, et de ne les quitter que lorsqu'ils seront entrés dans un régiment.
Je vous remettrai les fonds nécessaires
pour les équiper; vous choisirez mes
meilleurs chevaux, et vous n'épargne-
rez aucune dépense ni sur la route ni
dans le camp.

— Je suis flatté, répondit le brave
Ménil, de la nouvelle preuve de confiance dont vous m'honorez, monsieur
le duc, je m'en rendrai digne. Quand
faut-il partir? — Aujourd'hui même, à
midi; je préviendrai ces jeunes gens
qui brûlent de servir et ne s'attendent
pas encore au bonheur que je vais leur
annoncer. Voyez d'ici là ce qu'il faut
préparer, je désire que rien ne retarde
votre départ, et je vous remercie de

tout mon cœur de cette preuve d'amitié. — A vous pour toujours, répond
l'ancien écuyer ; je vais examiner les
chevaux et faire les préparatifs nécessaires. » A ces mots il se retire.

Le duc, tranquillisé par le parti
qu'il vient de prendre, et certain qu'il
confie ces jeunes gens à un ami plein
d'honneur, de courage et de franchise,
goûte quelques momens de repos; il
se lève moins souffrant, écrit au maréchal de Créqui, et va faire appeler
ses pages, lorsqu'on vint l'avertir qu'ils
sollicitaient tous les deux la permission de l'entretenir un moment.

Surpris par M. de Limours dans
le jardin, Roger, au désespoir, craignait d'avoir été entendu, d'avoir attiré sur celle qu'il adore le courroux
d'un père offensé dans l'objet le plus

cher à son ambition et à son cœur.
Raimond, loin de chercher à lui donner une trop dangereuse sécurité, ap-
prouvait ses craintes, et ne trouvait
d'autre moyen d'éloigner les soupçons
que le duc pouvait concevoir, et que
la plus légère imprudence changerait
en certitude, qu'en partant tous deux
pour l'armée. Si du moins Ludovie
eût donné quelque espoir à Roger !....
mais ses chants ont été trop tôt inter-
rompus ; elle l'a écouté ; elle était attendrie, il faut partir avec cette douce
pensée... elle a mille charmes, et pourtant elle laisse encore une pénible in-
certitude. Raimond parle avec force,
avec sagesse, Roger cède à la crainte
de troubler le bonheur de Ludovie,
à l'espoir de faire quelque action d'é-
clat dont elle sera fière. Le ruban qu'il

a reçu d'elle sera son talisman. S'il
périt aux champs d'honneur Raimond
le rapportera à Ludovie, elle donnera
une larme au plus fidèle des amans.
Raimond ne repousse point ses romanesques pensées; elles consolent son
ami, il se contente de ce qui soulage
sa douleur, et le détermine à se rendre
chez le duc avant qu'il ait pu voir
mademoiselle de Limours, et lui parler de leur imprudence. « Notre démarche la répare, notre absence la
fera oublier. — Oublier!... » répéta
tristement Roger. Les deux amis s'é-
taient enfin décidés à demander un
entretien au duc dès qu'il serait éveillé.
Cette demande étonna d'abord le duc;
il craignit que les pages l'ayant aperçu
ne vinssent lui offrir des excuses, qu'il
désirait ne point entendre, par mé-

nagement pour sa fille; il ordonna néanmoins qu'on les fît entrer, et les regarda d'un air sévère; mais Raimond, prenant la parole, pria le duc pour son ami et pour lui, de les placer tous deux dans l'armée, et exprima l'ardeur d'un jeune courage. De Couci, avec moins de véhémence, mais avec noblesse et fermeté joignit ses vœux à ceux de son ami.

Le duc, que leurs désirs délivraient d'une crainte que son orgueil repoussait, mais qui renaissait malgré lui, approuva des sentimens si dignes, leur dit-il, du noble sang qui coulait dans leurs veines; les assura qu'il s'était déjà reproché de les retenir aussi long-temps loin des combats et de la gloire; que depuis peu il s'occupait de leur sort, et était au moment de le leur annoncer. « Votre demande, ajouta le duc, répond à l'idée que je m'étais faite de vos nobles cœurs, mon devoir est de la seconder. J'ai déjà entretenu à votre sujet M. Ménil, retournez dans vos chambres ; attendez-y les ordres qu'il vous portera de ma part, et croyez que vous trouverez toujours en moi, non — seulement un protecteur, mais un père. »

Les amis remercièrent respectueusement le duc et s'éloignèrent en réfléchissant tous deux, d'après leurs divers sentimens, sur ce qu'ils venaient de solliciter et d'obtenir.

Roger, en entrant dans sa chambre, s'assit tristement près d'une table, la tête appuyée sur sa main, pensant à Ludovie, tandis que Raimond examinait ses armes, et sentait son cœur palpiter

à l'espoir de s'en servir sous les yeux
de Louis XIV. Il adressait à peine
quelques mots à son ami qui, perdu
dans sa sombre rêverie, ne les entendait pas. L'arrivée de M. Ménil rappela Roger à lui-même; il se leva en le
voyant entrer. L'écuyer leur présenta
la main, les félicita sur la brillante
destinée qui les attendait. « Je serai
fier, leur dit-il, de vous conduire moi-
même au camp, de vous présenter au
maréchal de Créqui; c'est une belle et
noble charge dont M. le duc m'a ho-
noré. J'ai fait la guerre, j'ai vu combattre et triompher notre grand roi;
c'est à votre tour à le servir, et vous
vous en acquitterez comme vos pères.
Au reste, ajouta Ménil; nous n'avons
pas le temps de discourir. Nous partons dans deux heures; terminez tous

vos préparatifs, les miens sont faits. Nous avons de bons chevaux ; vous, la force et la jeunesse ; moi, l'âge et l'expérience. Adieu, à midi précis à cheval.

— A midi ! s'écria Roger en se jetant dans les bras de Raimond, à midi..... Quoi ! sans la revoir... sans la prévenir..... — N'amollis pas ton cœur par d'inutiles et vains regrets, répondit son ami ; occupons-nous de notre départ ; dissimule une douleur qui trahirait le secret de ton cœur. Nous pourrons du moins en liberté parler d'elle. Tu ne feras rien de grand, de vertueux sans y songer. Son image te suivra partout ; elle sera ton guide et te conduira vers la gloire. » C'était par de semblables discours que Raimond soutenait l'âme tendre de son ami et cherchait à calmer sa douleur. Tout est prêt, il faut partir ; il faut quitter cet hôtel qui renferme l'objet de son éternel amour ; il faut dévorer ses larmes ; paraître satisfait quand son âme est déchirée. L'écuyer, dont l'ancienne ardeur se ranime, saute légèrement sur son cheval ; tous trois ont franchi les portes de l'hôtel où Roger a laissé sa pensée, son âme, et presque sa vie, et tandis qu'il s'éloigne pour toujours peut-être, celle dont il s'est séparé songe tendrement à lui, et attend l'heure de le revoir, de lui sourire.

CHAPITRE VIII.

———

Le jour du départ des pages un
courrier de Henri avait apporté la nouvelle qu'il arriverait le soir même dans
une maison de campagne appartenant
à son oncle, et qui était située à quelques lieues de Paris. Il comptait en
repartir le lendemain et se présenter
chez le duc avant la nuit; sa santé étant
meilleure, répondait, disait-il, à l'empressement qu'il éprouvait de revoir
son bienfaiteur et de lui exprimer sa
reconnaissance. Le duc, impatient par
caractère et que de tristes pensées pres-

saient d'accomplir ses secrets desseins,
se décida sur-le-champ à aller au-devant de son neveu; il ordonna que son
équipage fût prêt à l'instant; passa
chez la duchesse pour lui annoncer
son projet et lui dire de se préparer à
l'accompagner. Blanche eût obéi quand
même ce voyage lui eût déplu; mais
elle allait avec plaisir au-devant d'un
neveu qui lui était cher. Limours et
Blanche furent partis avant que Ludovie sût qu'ils s'éloignaient; quand madame de Saint-Sauveur vint la prévenir qu'elles passeraient seules cette
journée et lui en expliquer la cause, elle
épouva un dépit jaloux des marques
de tendresse que recevait son cousin
de ceux qui auraient dû n'aimer, pensait-elle, que leur fille. Son orgueil
n'était pas moins blessé que son cœur,

Cependant elle ne voulut point s'humilier par l'aveu de ces sentimens, et affecta de ne témoigner ni surprise ni regret. « Que ferons-nous pour nous amuser? demanda-t-elle. — Je vous raconterai quelques anecdotes de la cour, répondit la gouvernante, nous pourrons nous promener; je ferai mon possible pour vous distraire. » Ludovie remercia sa gouvernante, et prit un livre, non pour le lire, mais pour échapper à l'observation comme aux récits de madame de Saint-Sauveur. Elle alla s'asseoir sur la terrasse et pensa que Roger et Raimond auraient sûrement suivi le duc, qu'ainsi elle n'avait aucun espoir de rencontrer le seul des deux qui l'occupât : son père ne devant revenir que le lendemain; elle n'entendra point dans le silence des nuits cette voix flexible et tendre ; ce jour, cette nuit ne compteront point dans sa vie... Mais que voulait lui faire entendre le page dans les dernières paroles qu'il a chantées ? Si elle ose les interpréter, il l'aime d'amour... « D'amour ! se répète Ludovie dont le cœur palpite. Et moi, qu'est-ce donc que je sens ?.... Ah ! Roger..... Roger ! pourquoi n'es-tu qu'un simple page, ou pourquoi suis-je la fille du duc de Limours ! » Ludovie soupire : jamais encore ces réflexions ne l'avaient frappée. « Il veut combattre comme mon cousin ; comme lui, sans doute....... mais s'il était blessé comme lui.... Non, je ne veux pas qu'il s'éloigne, qu'il expose ses jours..... je le lui défendrai. Qu'importe les distinctions, les honneurs ! n'est-il pas un Coucy...

Mon père tient à la naissance et n'a
pas besoin de richesses, il est généreux... » Que de chemin en peu d'in-
stans a fait l'imagination de mademoiselle de Limours!... Une simple
romance lui a appris à lire dans son
cœur et dans celui de son amant. Malgré les efforts de madame de Saint-
Sauveur la journée lui parut longue et
triste. Le lendemain devait amener
cet Henri qu'elle regardait comme son
rival dans le cœur de ses parens; mais
elle croyait revoir Roger, et cet espoir
fit disparaître une partie de la tristesse
qu'elle éprouvait.

La soirée était déjà avancée, lorsqu'on vint avertir mademoiselle de
Limours de se rendre au salon. A ces
mots elle éprouva une forte palpita-
tion de cœur; elle trembla : elle allait

voir ce cousin si vanté, elle n'enten-
drait parler que de son courage, il serait l'objet de tous les soins, de tous
les éloges. Ludovie sentit augmenter
sa fierté naturelle, et se promit de ne
témoigner ni bienveillance ni affection au chevalier. A peine était-elle
entrée, et avait-elle embrassé sa mère,
que le duc la prenant par la main et
saisissant une de celles d'Henri, leur
dit avec tendresse : « Aimez-vous, mes
enfans, aimez-vous par amour pour
votre père. Henri, c'est ma fille, ma
fille unique! sois son frère et son protecteur. Et toi, ma Ludovie, vois dans
ton cousin celui que je regarde comme
un fils dont je m'honore. » Henri s'incli-
na respectueusement et porta à ses lè-
vres la main de Ludovie que son père
avait placée dans les siennes. « Mon

oncle, dit-il d'une voix touchante, il ne me sera que trop facile de vous obéir. »
Limours sourit, et sans remarquer l'air froid avec lequel sa fille avait retiré sa main que tenait Henri, il la laissa se placer près de sa mère et ne s'occupa plus que de son neveu.

Henri avait une tournure élégante, des traits réguliers et doux ; mais des blessures et de longues souffrances altéraient dans ce moment l'éclat de ses yeux spirituels et tendres : sa maigreur, sa pâleur ne permettaient pas qu'il parût avec avantage devant un juge prévenu contre lui. Ludovie ne put concevoir comment on avait vanté sa figure ; elle pensa qu'il en était de même de tous les éloges qu'elle avait entendu se répéter autour d'elle ; et, condamnant sur tous les points l'aimable Henri, jura de se défendre de l'admiration qu'il excitait sans la mériter, selon ce qu'elle en pensait.

L'heure à laquelle mademoiselle de Limours avait coutume de se retirer étant arrivée, madame de Saint-Sauveur parut à la porte du salon; Ludovie se leva, et allait embrasser sa mère ; le duc la retint : « Ma fille, dit-il, vous resterez à l'avenir avec nous; vous n'êtes plus une enfant qui sort du couvent : il n'est plus nécessaire de vous priver, ainsi que nous, du plaisir d'être ensemble. Je suis bien aise de célébrer aussi l'heureuse arrivée de mon cher Henri. » Blanche tendit les bras à sa fille, et témoigna à Limours par un doux sourire combien elle était heureuse de ce qu'il venait de déci-

der. Mademoiselle de Limours, pressée sur le cœur de sa mère, oublia
qu'elle devait la faveur que venait de
lui accórder son père à la joie qu'il
ressentait de la présence d'Henri, et
l'en remercia avec chaleur. La porte
était fermée, personne ne vint troubler
cette première soirée, pendant laquelle
Henri parla peu. Il paraissait ébloui
de la beauté de sa cousine, qui ne
s'apercevait point de l'admiration qu'il
éprouvait; mais Limours et Blanche
s'en apercevaient pour elle et en jouis-
saient tous deux.

Au souper, ni Roger ni Raimond
n'avaient paru; la nuit Roger ne
chanta point. Les fenêtres de l'appartement qu'occupait le chevalier de
Nougaret donnaient sur le jardin,
comme celles de Ludovie... « Il aurait

pu le voir et l'entendre, se disait-elle.
Eh quoi! il n'osera plus chanter : la
présence de cet étranger détruit déjà
mes seuls, mes uniques plaisirs!......
Pauvre Roger! du moins il ne peut
m'empêcher de penser à toi! »

Le lendemain la duchesse vint chercher sa fille pour le déjeuner; elle
l'embrassa, la regarda tendrement, et
lui dit : « Enfin, chère Ludovie, nous
ne nous quitterons plus; ton père s'en
remet à mes soins, à mon amour pour
te conduire dans le monde, pour diri-
ger ton inexpérience et préparer ton
bonheur. Viens! il nous attend, ainsi
que ton cousin, que ton père t'a priée
d'aimer : je joins ma prière à la sienne;
tu sauras un jour combien l'âme
d'Henri est digne de ton estime. » Ludovie passa son bras dans celui de sa

mère et l'accompagna sans lui répondre. On déjeuna; jamais le duc ne s'é-
tait montré aussi aimable; Henri,
moins embarrassé que la veille près
de sa cousine, lui adressa avec délicatesse des complimens flatteurs. D'a-
bord elle les écouta froidement, et
finit par sourire à une parfaite amabi-
lité qui ne s'écartait point du respect.

Retournée chez elle pour faire sa
toilette, Ludovie remarqua la tristesse
avec laquelle l'accueillit madame de
Saint-Sauveur, et lui en demanda la
cause. « Je ne dois pas vous la dire,
mademoiselle, répondit la gouvernante, car elle m'est personnelle; cependant je suis trop sensible et trop
vraie pour vous cacher que ce qui fait
votre bonheur est le sujet de mes peines; nos rapports, jusqu'ici intimes et

flatteurs pour moi, vont à peu près cesser; votre mère reprend de justes droits sur vos actions et sur votre cœur; vous allez bientôt n'aimer qu'elle, et je ne serai plus rien pour vous, malgré un aussi profond attachement. » Ludovie, touchée des larmes que répandait celle dont la société et la complaisance lui avaient été long-temps agréables, l'assura qu'elle l'aimerait toujours; qu'elle lui confierait toutes ses pensées, en croirait toujours son amitié. Ces paroles consolèrent peu à peu la gouvernante, qui se flatta dès lors de ne point perdre son crédit sur l'esprit de son élève, et se promit de tout sacrifier à la nécessité de lui plaire.

Limours donnait un grand dîner pour célébrer l'arrivée de son neveu, qui reçut les félicitations de tous les amis

de son oncle; madame de Montespan
ne dédaigna point d'adresser au jeune
guerrier ces mots si obligeans lorsque la
beauté les adresse au courage. Henri
assura modestement qu'il n'avait pas
mieux servi qu'un autre, et avait été
seulement plus heureux; il parla du
Roi avec l'enthousiasme d'un militaire
et d'un Français. Le maréchal de Bellefond l'interrogea sur plusieurs actions brillantes où Louis XIV s'était
couvert d'une nouvelle gloire. Henri
racontait avec chaleur, avec clarté; il
enchantait tous les convives....... hors
un seul, qui, trop préoccupé, n'entendait ni n'écoutait, malgré l'éloquence
avait laquelle parlait son cousin, et
malgré l'intérêt du sujet qu'il traitait.
Ludovie, depuis qu'elle était à table,
cherchait le page des yeux; en vain

elle promène ses regards autour d'elle,
ou les fixe sur les glaces, elle n'aperçoit point Roger : à chaque instant elle
espère le voir paraître. On sort de table, elle ne l'a point vu. Sa douleur est
vive et profonde. « Où est-il? Que lui
est-il arrivé? qui me le dira? à qui ose-
rais-je le demander? » Ludovie pensait
à madame de Saint-Sauveur; mais sa
délicatesse se refusait à lui parler de
Roger. De retour au salon, madame
de Montespan causa avec elle, lui
vanta son cousin et lui demanda ce
qu'elle pensait de lui. « Rien encore,
répondit-elle froidement, je ne le con-
nais que depuis hier. — Il faut moins de
temps à votre âge, reprit la belle marquise, pour juger son esprit et sa figure, malgré sa pâleur, qui d'ailleurs
le rend plus intéressant, surtout lors-

que l'on remonte à la noble cause de ce changement momentané. — Cela peut être, reprit Ludovie; mais je n'admire pas au premier coup d'œil, et j'avouerai même que tel que mon cousin est aujourd'hui, ce premier coup d'œil ne lui est pas favorable. — Vous conviendrez du moins qu'il a parlé de la guerre avec éloquence, du Roi avec amour, de lui avec modestie? » Ludovie fit un signe affirmatif, et ne répondit rien. Le jeu la sépara de madame de Montespan, et la délivra d'un entretien qui lui était pénible. Elle se plaça près de sa mère, et pendant que chacun s'occupait du jeu elle put se livrer à ses pensées.

Henri ne jouait pas : assis près de la cheminée entre son oncle et le maréchal de Bellefond, il écoutait leurs

conseils avec respect; mais souvent
son attention et ses regards se diri-
geaient vers sa belle cousine, dont la
tristesse et l'air réfléchi l'étonnaient.
« Qu'elle est belle, se disait-il; mais
que de fierté dépare en elle les grâces
de son âge! Combien le sourire l'embellit; mais que ce sourire vient rarement adoucir ses traits superbes! Qui
peut jeter dans son âme la tristesse qui
se peint sur son beau visage? adorée
de ses parens, noble, riche et belle,
à l'âge de la gaîté et des plaisirs..... »
Henri sent que la tristesse de Ludovic
passe dans son cœur.

Le jeu est terminé, chacun se retire,
et la journée finit, comme la veille,
dans l'intimité. Blanche, qui peut se
livrer à toute sa tendresse pour sa fille,
l'exprime par ses regards, ses caresses,

et ces mots charmans qui s'échappent
du cœur. Ludovie lui répond avec
sensibilité. Henri la trouve en ce moment aussi intéressante que belle; ce
n'est plus la fière et sérieuse Ludovie,
mais une fille que l'amour filial rend
aimable et tendre.

Ludovie retirée chez elle ne pense
plus qu'à Roger. Elle rêve, soupire,
et voyant près d'elle madame de Saint-
Sauveur, qui semble l'interroger par
des regards remplis de tendresse, touchée de ce témoignage d'intérêt, entraînée par son inquiétude, elle lui
demande, avec autant de calme qu'elle
peut en affecter, pourquoi elle ne voit
plus les pages de son père. Madame
de Saint-Sauveur, rassemblant en un
moment plusieurs circonstances qui
isolées ne lui avaient inspiré aucune

défiance, démêle bien vite quel est celui des deux pages qui fait soupirer son élève, et se hâte de lui raconter tout ce qu'elle a appris de leur départ pour l'armée, ajoutant : « J'aurai de leurs nouvelles par le retour de M. Ménil, qui doit avoir lieu dès qu'ils seront faits officiers. » Ludovie pendant ce récit était devenue d'une pâleur extrême; la gouvernante, feignant de ne remarquer ni son trouble ni son effroi, ajouta : « C'est M. de Coucy qui a le premier sollicité M. le duc de l'envoyer à l'armée. Humilié d'être un simple page, il brûle de se distinguer et de se rendre digne de plaire un jour, et d'obtenir le cœur d'une belle et noble demoiselle. Il est bien jeune encore, sans état et sans fortune, l'honneur et l'amour peut-être ont décidé son départ. Son ami l'accompagne, et, si j'en crois mes pressentimens, ils reviendront couverts de gloire comme votre cousin ; aussi brave que lui, M. de Coucy, j'en suis sûre, sera aussi heureux. »

L'espoir qu'offraient les paroles de madame de Saint-Sauveur passa dans l'âme de Ludovie ; elle la pria de lui donner des nouvelles aussitôt que M. Ménil serait de retour ; et elle passa la nuit à lire les relations des campagnes de Louis XIV ; frémit sur les dangers dont celui qui occupe uniquement son cœur va être entouré. S'exaltant à mesure que le Roi triomphe, elle sent qu'il est beau de servir sous ce monarque, qui réunit tous les genres de gloire, et que Roger a dû partir. « Il re-

viendra, pensait-elle, et mon père
en sera fier, comme il l'est de mon
cousin. »

~~~~~~

CHAPITRE IX.

———

Le duc de Limours n'avait point pardonné à madame de Saint-Sauveur la scène nocturne dont le hasard l'avait rendu témoin ; dès ce moment il accusa la gouvernante d'une négligence coupable ; la surveilla avec soin, découvrit que les leçons qu'elle était censée donner à sa fille se passaient en conversations ou en lectures romanesques ; et, poussant plus loin la défiance, il craignit qu'elle n'eût le dessein de favoriser l'amour qu'un des jeunes gens avait peut-être osé conce-

voir pour sa fille; il ne douta même
pas que le téméraire ne fût M. de
Coucy, ayant trouvé parmi ses papiers,
après son départ pour l'armée, plusieurs
fragmens de romances qu'il supposa
composés pour sa fille. Dès lors le duc
résolut d'éloigner sans éclat cette
femme dangereuse, et pensa que, s'il
eût confié Ludovie à sa mère, elle eût
été en des mains plus pures. Il sait
d'ailleurs que Blanche ne se serait
point écartée de la route qu'il lui aurait tracée, et se détermina sur-le-
champ à lui rendre sa fille, à lui faire
part de son projet de la marier à
Henri de Nougaret. Blanche, dans ce
moment, crut recevoir la récompense
de tous ses sacrifices. Limours lui
prouvait sa confiance, son estime; elle
espérait réparer le mal qu'avait pu

faire madame de Saint-Sauveur. Aimant Henri, assurée qu'il ferait le
bonheur de Ludovie, non-seulement
elle promit à Limours de remplir les
devoirs qu'il lui imposait, mais elle
donna avec joie son consentement au
mariage qu'il projetait.

Réunis par un même désir, une
même pensée, les deux époux éprou-
vèrent une mutuelle satisfaction. Ludovie apprit seulement qu'elle n'allait
plus dépendre que de sa mère; malgré tous ses efforts pour lui plaire,
madame de Saint-Sauveur n'avait séduit que sa vanité; elle sentait que la
gouvernante n'avait ni vertu ni talent; mais elle lui avait promis des
nouvelles de Roger, cette promesse
l'attachait à elle.

Le duc, son plan arrêté, mande

madame de Saint-Sauveur et lui dit
que sa fille, âgée de seize ans et ren-
trée sous la dépendance de sa mère,
n'a plus besoin de ses soins; qu'elle va
partager l'appartement de la duchesse,
et qu'elle peut se préparer à quitter
l'hôtel. Le duc joint à ce congé un
don magnifique, et renvoie la gouvernante en lui disant de se préparer au
départ.

Madame de Saint-Sauveur quitta le
duc dans une consternation inexprimable; elle était parvenue à découvrir
que le cœur de Ludovie renfermait
un tendre secret; ses espérances de
fortune allaient se réaliser, soit qu'elle
servît l'amour de son élève, soit qu'elle
le trahît, si son intérêt lui paraissait
devoir commander l'un ou l'autre.

Limours, sans éprouver de vives

douleurs, dépérissait visiblement.
Blanche se flattait encore; mais il en-
trevoyait sa fin prochaine, et personne,
hors sa femme et sa fille, ne s'en doutait. Madame de Saint-Sauveur, frappée comme les autres de son changement, croyait plus avantageux de s'attacher Ludovic que d'éclairer Limours;
mais, si elle était renvoyée, aucun de
ses projets ne pouvait réussir. Que
faire? comment conserver sa place?
Elle consulta le secrétaire du duc,
avec lequel elle avait une intime liai-
son; elle lui ouvrit son cœur, ou pour
mieux dire lui apprit ce que ressentait celui de Ludovic, et lui demanda
s'il lui conseillait de faire connaître
au duc l'inclination de sa fille. Le secrétaire lui prouva que c'était s'y prendre trop tard; que le page, étant éloi-

gné, cessait d'être dangereux ; et ajouta
que mademoiselle de Limours, allant
se marier à son cousin, qui prenait le
titre de duc de Limours, une confidence
tardive porterait inutilement le trouble
dans la famille, et que le duc l'accu-
serait avec raison de lui avoir caché
une passion naissante à laquelle il eût
opposé plus tôt l'absence.

Persuadée de la justesse de ce rai-
sonnement, madame de Saint-Sauveur
rentra chez elle pour réfléchir au parti
qu'elle pourrait tirer des confidences
du secrétaire auprès de Ludovie, et
ayant attendu l'heure où mademoiselle de Limours remontait dans son
appartement, qu'elle n'avait pas encore
quitté pour celui que sa mère lui faisait préparer, elle entra chez mademoiselle de Limours, le visage inondé

de pleurs. Surprise du désespoir qu'exprimaient les larmes de la gouvernante, elle s'approcha d'elle avec intérêt, et lui demanda ce qui causait sa profonde douleur. « Ah ! mademoiselle, répondit la gouvernante, je n'ai que trop de sujets de m'affliger, M. le duc veut me séparer de vous, il veut que je vous quitte ; encore si je vous laissais libre et heureuse, je me consolerais étant la seule à plaindre ; mais... » Ici les sanglots interrompirent la perfide gouvernante.

« Qu'ai-je à redouter, répondit Ludovie ? je vais, il est vrai, dépendre de ma mère ; mais elle est aimante, caressante ; elle chérit sa fille qui la respecte et la chérit ; je ne vois rien d'alarmant à cette position dans laquelle j'aurais.dû toujours me trouver. Je vous regrette-

rai, soyez-en sûre; j'aurai du plaisir à
vous revoir; ne vous affligez point;
cet éloignement, puisque mon père
l'ordonne, ne détruira pas l'amitié
que vous m'avez inspirée.

— Hélas! reprit madame de Saint-
Sauveur en pleurant toujours, que la
jeunesse est confiante! le présent la séduit, elle ne prévoit point l'avenir et
s'abandonne à une mensongère espérance.

—Vous m'alarmez, interrompit Ludovie, serait-il question de me renvoyer
à Fontevrault?... Non ma mère.... —
Peut-être ce qui vous alarme serait-il
préférable au sort qui vous attend.
Vous aimez M. de Coucy, mademoiselle, en vain vous voudriez le dissi-
muler; il vous adore; c'est pour vous
mériter et vous obtenir qu'il affronte

les dangers et cherche la gloire, et vous allez en épouser un autre. — Moi! s'écrie Ludovie avec effroi. — Oui, mademoiselle, et c'est à votre cousin que l'on vous sacrifie. Héritier de tous vos biens, de vos titres, il va vous dépouiller en vous épousant : telles sont les volontés de monsieur votre père; et c'est à condition que madame la duchesse réunira le comté de Montargis au duché de Limours sur la tête de votre cousin, que votre père lui a rendu ses droits sur vous et une partie de sa tendresse. En vain vous réclameriez contre cet arrêt; un cloître serait rouvert pour recevoir une fille désobéissante. Roger apprendra votre mariage, le désespoir lui fera chercher et trouver la mort. Si du moins je restais près de vous, j'adoucirais sa douleur en lui écrivant; nous parlerions de lui, il m'écrirait. Ah ! mademoiselle, obtenez-moi de rester près de vous; jamais personne ne vous sera aussi dévoué, aussi fidèle. » Ludovie, attendrie, promit à madame de Saint-Sauveur de faire tous ses efforts pour la conserver.

Cet entretien agita vivement mademoiselle de Limours. Elle aimait Roger, en était aimée; c'était pour se rendre digne d'elle qu'il exposait ses jours; et, tandis qu'il combattait pour la mériter, un autre obtiendrait sa main sans effort, sans amour; il s'emparerait de sa fortune, de son nom; c'était dans ce dessein qu'il était venu près d'elle. Sans chercher à lui plaire, sans avoir son aveu, il l'entraînerait à l'autel, deviendrait le maître de son sort. « Non, se di-

sait Ludovie, je n'y consentirai jamais;
je préfère Fontevrault, son triste silence, ses impénétrables grilles, à un
hymen malheureux. Quand Roger re-
viendra, il saura que j'ai renoncé aux
richesses, au monde, plutôt que de
m'unir à un autre. Je suis certaine que
madame de Saint-Sauveur me suivra
avec joie, elle me consolera; nous parlerons du Roi, de la guerre, surtout
de Roger... parler de ce qu'on aime
trompe l'absence. Cependant, pensa
bientôt Ludovie, dont l'âme avait encore toute sa pureté, je ne puis estimer madame de Saint-Sauveur; elle
n'a rempli près de moi aucune des intentions de mon père; elle a trahi sa
confiance, et, sous l'air de l'intérêt et
du dévoûment, elle cherche à détruire
en moi l'amour filial, le respect, l'o-

béissance. Elle m'a fait sentir, en d'autres temps, que Roger n'était pas l'époux dont mon père pouvait faire choix ; à présent elle s'offre à servir son amour, et c'est au moment même où elle apprend que ma main est destinée à celui dont mon père s'honore et que ma mère aime tendrement, qu'elle me donne de dangereux conseils ; sa conduite est coupable, et fondée sur un motif qui ne peut être ni honnête ni délicat. Elle trompe mon père, me trompe moi-même..... ah ! j'ai bien assez de mon cœur pour m'égarer sans un pareil secours. Non, je ne parlerai point pour qu'elle reste auprès de moi ; rendue à ma mère, dont, hélas ! je n'ai été que trop long-temps séparée, je ne veux entendre qu'elle et ne confier qu'à elle mes pensées. Ma mère entendra mon cœur, le plaindra, et rompra un hymen qui me rendrait malheureuse. » Cette résolution et cet espoir calmèrent Ludovie ; elle prit avec joie possession de son nouvel appartement, ne revit plus madame de Saint-Sauveur, que le duc éloigna dès le lendemain, et se félicita d'être auprès de sa mère et de recevoir les soins de mademoiselle de Beaumont, qu'elle avait toujours aimée et regrettée.

FIN DU SECOND VOLUME.

www.ingramcontent.com/pod-product-compliance
Lightning Source LLC
Chambersburg PA
CBHW061443030726
47503CB00005B/1538